Salim Alafenisch

Das Kamel mit dem Nasenring

Unionsverlag
Zürich

Die Originalausgabe erschien 1990
im Unionsverlag.

Im Internet
Aktuelle Informationen,
Dokumente, Materialien
www.unionsverlag.com

Unionsverlag Taschenbuch 266
© by Unionsverlag 2003
Rieterstrasse 18, CH-8027 Zürich
Telefon +41 (0)1 281 14 00, Fax +41 (0)1 281 14 40
mail@unionsverlag.ch
Alle Rechte vorbehalten
Umschlagkonzept: Heinz Unternährer, Zürich
Umschlagbild: Nabil Lahoud, »Oriental Composition«
Druck und Bindung: Clausen & Bosse, Leck
ISBN 3-293-20266-7

Die äußeren Zahlen geben die aktuelle Auflage
und deren Erscheinungsjahr an:
2 3 4 5 – 06 05 04

Inhalt

Die Siebenbrunnen-Stadt *15*

Der Gast mit den blauen Augen *44*

Der gelehrte Esel *72*

Das Kamel mit dem Nasenring *104*

Für Renate

Es war an einem rauhen Winterabend in der Negev-Wüste. Die Stammesbrüder saßen im Scheichzelt beisammen und schlürften genüßlich den gewürzten Kaffee. Ganz dicht umkauerten sie die Feuerstelle, um die Wärme der glühenden Kameläpfel zu empfangen. Viele von ihnen waren in warme Schafmäntel gehüllt, so daß im Widerschein des Feuers nur ihre funkelnden Augen zu erkennen waren. Unter den dichten Umhängen fanden die Kinder Schutz vor der klirrenden Kälte. Der wohlige Duft der Schaffelle umhüllte ihre Nasen.

Langsam kroch die Nacht über das Zeltlager. Der Himmel war sternenklar. Ein starker Wind von Norden kam auf. Er peitschte gegen die schwarzen Zelte. Wellengleich wogte das Dach über die Zeltstangen des großen Scheichzelts. Ein kalter Zug drang durch ein Zeltloch.

Der Scheich schlang das Schaffell enger um sich und streckte seine Hände über die Glut. Sein Goldring blitzte. Der alte Hussein, der sich unter seinem Mantel so verschanzt hatte, daß nur mehr seine brennende Pfeife zu sehen war, bekam einen Hustenanfall: »Dieser verfluchte Nordwind! Die Kälte durchbohrt das Fell und dringt bis in die Knochen«, schimpfte er.

»Ausgerechnet an der Wetterseite mußte die Maus knabbern!« beklagte sich der Scheich.

Hussein schniefte: »So eine Kälte habe ich selten erlebt. Und kein Tropfen Regen. Die Getreidefelder sind von der Sonne verbrannt, das Saatgut ist verdorrt. Die Herden finden kaum noch Futter!« Der Alte zog an seiner Pfeife: »Hört ihr nicht, wie der Wind pfeift? Er schüttelt das Zelt wie ein hungriger Wolf das Lamm.«

»Allah möge die Zeltseile und die Zeltpflöcke festhalten!« murmelte ein Hirte, während er seine Blicke zum Zeltdach richtete.

Der Scheich, der inzwischen seine Hände gewärmt hatte, strich sich über das faltige Gesicht. »Dieser verfluchte Nordwind bringt nichts als Kälte! Wir brauchen Westwind, Wind vom Meer!«

Immer heftiger peitschte der Wind, bis das Zelt zu tanzen begann. Gemurmel erhob sich in der Runde. Mit einem Satz sprang der Scheich auf und umklammerte mit seinen Händen die mittlere Zeltstange: »Allah möge das Zelt schützen!« flehte er. »Hört ihr die Frauen nicht rufen? Sie kämpfen gegen den Sturm!«

Im Nu löste sich die Runde auf. In alle Himmelsrichtungen stoben die Männer auseinander. Nur die Kinder blieben unter den Fellen zurück.

»Jetzt haben wir die Feuerstelle für uns alleine!« frohlockte eines der Kinder. »Schaut doch, der

Scheich klammert sich an die Zeltstange wie eine Gebärende!« Die Kinder johlten.

»Wollt ihr wohl still sein!« fauchte der Scheich. »Es ist nicht die Zeit für Scherze.«

Immer gewaltiger peitschte der Sturm. »O Stammesahn in der Not! Wende das Unwetter von uns ab!« murmelte der Scheich. »Ich will dein Grabmal mit Opferblut besprengen!«

Doch weder Allah noch der Stammesahn standen ihm bei. Eine kräftige Sturmbö fegte das Zeltdach hinweg. Die Zeltstange zwischen die Hände geklammert, starrte der Scheich zum Dach des Himmels.

Der Sturm fegte die glühenden Kamelbällchen durch die Luft. Sie zersplitterten zu unzähligen Funken, die einem Feuerregen gleich zur Erde sanken. Die Kinder verkrochen sich noch tiefer in die Fellmäntel.

»Das Feuer versengt mein Gewand!« Vor Schreck ließ der Scheich die Zeltstange fallen. Blitzschnell griff ein Junge nach dem Zipfel des Gewandes und erstickte die Glut im Sand.

Der Scheich atmete erleichtert auf. »Gelobt sei der Prophet! Du bist ein tapferer Junge. Doch wo sind die Männer?«

»Männer! Männer!« rief er aus Leibeskräften, während er sein Gewand schürzte und die Zipfel im Gürtel befestigte. »Eilt dem Scheichzelt zu Hilfe!«

»O du Hilfesuchender! Wir kommen!«

Aus allen Zelten eilten Männer und Frauen herbei. Man begann, das große Zelt wieder aufzuschlagen. Doch es war schwierig; Zeltseile waren gerissen, und auch die Zeltbahnen waren nicht verschont geblieben. Notdürftig wurden die Schäden beseitigt. Es verging geraume Zeit, bis das Scheichzelt wieder auf seinem angestammten Platz stand.

Allmählich legte sich der Sturm. Als es still geworden war um das Zelt, lugten die Kinder wieder unter den Fellen hervor. Alle zitterten vor Kälte. Hussein, der Stammesälteste, betrat das Zelt. Seine Nase triefte; sie war wie ein Brunnen, dessen Wasser nie versiegt. Sein Gewand war randvoll mit Kameläpfeln gefüllt, die er sorgfältig in die Feuerstelle gleiten ließ. Der Scheich bedankte sich mit einem Kopfnicken. Nachdem er einige Kamelbällchen zwischen seinen Fingern zerrieben hatte, griff er in seine Gewandtasche, kramte das Feuerzeug hervor und fachte Feuer an. Bald loderten die ersten Flammen, und alle rückten näher an die Feuerstelle. Als sich nach geraumer Zeit eine erste Glut gebildet hatte, griff der Scheich nach seinem Lederbeutel und förderte eine Handvoll Kaffeebohnen zutage, die er in der Pfanne zu rösten begann. Kurz darauf erfüllte Kaffeeduft das Zelt. Die Hände kreuzten sich über dem Feuer.

»Der Wind hat sich gelegt«, ließ sich ein Hirte vernehmen, während er seine Pfeife stopfte.

»Wir müssen wachsam sein«, mahnte ein anderer.

»Der Sturm ist wie ein Dieb, man weiß nicht, wann er kommt.«

Alle Blicke richteten sich auf den alten Hussein, der gerade kräftig an seiner Pfeife zog. »Es wird eine lange Nacht werden, und die langen Nächte gehören Hussein«, sagte der Scheich. Die Runde nickte.

»O Bruder Hussein, Allah möge dir einen Platz im Paradies gewähren; verkürze uns die Nacht mit einer Geschichte!« bat ein Kamelhirte.

Der Alte schmunzelte. Er war ein begnadeter Erzähler. Bisweilen ließ er sich lange bitten, doch wenn er zu erzählen begann, so hörte er nicht mehr auf. Wie Perlen einer Kette reihte er Geschichte an Geschichte. Seine sanfte Stimme ließ den Schlaf vergessen. Stunden wandelten sich in Augenblicke.

Hussein, der Stammesälteste, hatte viel gehört und gesehen in seinem langen Leben, und zahllos waren die Geschichten, die im Laufe der Jahre seinen Kopf bewohnten.

»Für diese Nacht habe ich eine besondere Geschichte; sie ist länger als ein Kamelhals«, sagte Hussein, während seine Blicke die Runde musterten.

»Der Scheich soll den Kaffee reichlich mit Kardamom würzen!«

»Die Erzähler sind wie Könige!« erwiderte der Angesprochene. »Dein Wunsch ist mir Befehl!«

Während er den Kaffee von einer Kanne in die andere goß, fügte er hinzu: »Sobald der Kaffee sich ausgeruht hat, sollst du deine drei Schälchen bekommen.«

»Eine Geschichte, die länger als ein Kamelhals ist, habe ich noch nie gehört«, flüsterte ein Junge seinem Vater ins Ohr.

»Ich auch nicht, mein Sohn!« lächelte der Vater.

Jeder in der Runde machte es sich bequem. Der Kadi legte ein besticktes Kissen unter seinen Ellbogen, ein anderer drehte sich einen Vorrat von Zigaretten, die er vor sich aufreihte, und ein dritter löste seinen Gürtel. Nach kurzem Räuspern und Husten wurde es still im Zelt.

Der Scheich griff nach der Schnabelkanne. Er goß ein paar Tropfen in den Sand, dann füllte er ein Schälchen, um daran zu nippen. Er nickte. In hohem Bogen goß er Kaffee in die Schälchen. Das Tablett machte seine Runde.

»Der Kaffee ist aromatisch!« lobte der Stammesdichter.

Der Scheich blickte auf: »Ich habe meinen Anteil geleistet, nun ist der Erzähler an der Reihe!«

Hussein nahm ein paar Züge von seiner Pfeife, räusperte sich, dann fing er an zu erzählen: »Ich bin der Älteste unter euch. Mein Leben ist lang, dafür danke ich Allah, doch meine Geschichte ist länger. Sie begann vor meiner Zeit und wird mit meinem Tod nicht enden.

Unser Land hat zahlreiche Eroberer kommen und gehen sehen. Die Türken herrschten ein halbes Jahrtausend in Palästina, bis sie nach dem ersten großen Krieg vertrieben wurden. Dann rückten die Engländer nach. Und kaum war der zweite große Krieg zu

Ende, verließen die Engländer das Land, und die Juden traten an ihre Stelle.«

Hussein strich über sein faltiges Gesicht.

»Ich weiß, was ihr denkt: Wenn der Alte anfängt zu erzählen, hört er nicht mehr auf. Mein Großvater war ein berühmter Erzähler; er sagte einmal: Es gibt drei Typen von Erzählern. Die einen sind wie Wassersäcke, deren Vorrat nur für wenige Tage reicht. Die anderen gleichen Zisternen, die Wasser für Monate spenden, und schließlich gibt es Erzähler wie Brunnen, die immer Wasser führen. Mein Großvater war ein solcher Brunnen!

Nur eine Erzählerin gab es, die nicht diesen drei Typen zugehört. Es ist Scheherezade, die Erzählerin von ›Tausendundeiner Nacht‹. Sie ist wie das Meer. Scheherezade war und bleibt die Königin des Erzählens.

Ich warne euch, die Geschichte ist lang. Ein Greis wie ich hat vieles erlebt, gehört und gesehen.

Besorgt euch noch einen Vorrat an Kameläpfeln für das Feuer! Wer Geschichten und Märchen lauschen will, muß die Kunst des Zuhörens beherrschen. Ihr werdet lange an meine Geschichte zurückdenken.

Diese Geschichte hat keine Grenze, wie auch das Erzählen keine Grenze kennt. Merkt euch gut das Wort ›Grenze‹. Bei der Morgenröte werdet ihr den Sinn dieser Worte verstehen. Ich kann weder schreiben noch lesen, doch das Erzählen ist mir in die Wiege gelegt. Durch Dünen und Schluchten sind meine Geschichten mit mir gewandert; ihr werdet sie in keinem Buch finden.«

Der Alte schlürfte ein weiteres Schälchen Kaffee.

»Die Geschichte, die ich euch heute erzählen will, begann vor vielen, vielen Jahren.«

Die Siebenbrunnen-Stadt

Es war ein glutheißer Sommertag, als die betagte Hebamme des Stammes meinen Vater im Männerzelt aufsuchte, um ihm die Nachricht von meiner Geburt zu überbringen. Dies war, wie man mir erzählte, kurz nach dem Bau des Suezkanals. Wann genau, werdet ihr fragen? Kurz kann viel bedeuten in der Sprache der Hirten. Ein Jahr, drei Jahre oder gar zehn Jahre..., wer weiß es? Und wenn ich es wüßte, was sind ein paar Jahre im Rhythmus der vorrückenden Sanddünen! Es bedeutet mir nichts. Ist es nicht furchtbar, sein Leben abzählen zu müssen?

Jüngere unter euch mögen später die Bücher durchwühlen, um das Alter des Kanals in Erfahrung zu bringen. Manch einer wird gar den Tag und die Stunde meiner Geburt wissen wollen. Ich sage euch: Jede Suche ist vergeblich; sie wird euch nur von der Geschichte ablenken.

Es ist nicht meine eigene Geschichte, die ich euch erzählen will, sondern die Geschichte unseres Stammes. Doch bin ich Teil dieser Geschichte.

Ich bin fast so alt wie der Kanal, sagte ich. Und dieser Kanal hat seine eigene Geschichte.

Mein Vater war ein berühmter Karawanenführer, der zahllose Länder bereist hatte. Vieles hatte er erlebt, doch die denkwürdigste Begebenheit war die erste Begegnung mit dem Kanal.

Es war auf einer Karawanenreise nach Ägypten, als einer der Händler in der Ferne Wasser erblickte.

»Wasser in der Wüste?« lachte mein Vater. »Das muß eine Fata Morgana sein!«

»Meine Augen haben mich nie getäuscht«, erwiderte der Händler.

Die Karawane legte einige Meilen zurück und kam tatsächlich vor dem blauen Wasser zum Stehen. Der Karawanenführer stieg ab. Fassungslos blickte er auf das fließende Wasser. Dann warf er einen Stein in die Tiefe.

»Die Kamele können das Wasser nicht durchqueren; es muß tiefer als ein Wadi sein!« fluchte er.

Ratlos ließ sich die Karawane am Ufer nieder. »Mindestens können wir unseren Durst stillen!« sagte ein Kamelhirte und füllte seinen Wassersack. Er nahm einen kräftigen Schluck, spie ihn jedoch in großem Bogen wieder aus: »Das Wasser ist salzig, es muß vom Meer kommen.« Ungläubig benetzte jeder seine Zunge.

»Dies Wasser taugt weder für Mensch noch Tier.« Der Karawanenführer spuckte voll Verachtung in den Kanal. Bitternis breitete sich aus. Während die Karawane am Ufer rastete, erblickte ein Händler in der Ferne Rauchschwaden. Die Rauchsäulen rückten immer näher.

»Ein Schiff! Ein Schiff!« rief einer. Alle reckten die Köpfe. Ein lautes Hupen versetzte die Kamele in Panik. Verstört warfen die Tiere ihre Lasten ab und rannten davon. Die Händler folgten ihnen mit lautem Geschrei.

Als das Schiff ganz nahe war, schwenkte mein Vater seine Kopfbedeckung. Auf dieses Zeichen hin trat ein Mann an Deck.

»Woher kommst du, und wohin geht die Reise?« erkundigte sich mein Vater.

»Ich komme vom Land der Inder und fahre in das Land der Engländer!«

»Was ist im Bauch deines Schiffes?«

»Ich habe Baumwolle geladen!« entgegnete jener.

»Und wie kommt es, daß du durch die Wüste fährst?«

»Früher war ich Monate unterwegs mit meinem Schiff, denn der Weg war sehr, sehr weit. Seit man die beiden Meere miteinander verbunden hat, spare ich viel Zeit!«

Mit einem letzten Winken verschwand der Mann im Bauch des Schiffes.

Nachdenklich blickte mein Vater den Rauchwolken nach.

Ein lautes Schimpfen riß ihn aus seinen Gedanken. Die Karawanenhändler kehrten zurück. Jeder zog sein unwilliges Kamel hinter sich her. Mein Vater erzählte den Männern, was er soeben gehört hatte. Ratlosigkeit spiegelte sich in ihren Blicken wider.

»Was sind das nur für Zeiten«, empörte sich ein Kamelhirte. »Die Schiffe des Meeres durchqueren die Wüste. Das blaue Wasser versperrt den Kamelen den Weg. Sollen die Kamele, die Schiffe der Wüste, vielleicht schwimmen lernen?« Wütend schlug ein Händler mit seinem Stock ins Wasser.

»Uns Wüstensöhnen ist Wasser heilig, bei Allah, doch dieses Wasser ist gestohlen. Man hat es dem Meer geraubt!«

Der Karawanenführer stützte seinen Kopf in die Hände. Lange betrachtete er die Wellen, die sich am Ufer brachen.

»Sie haben das Weiße Meer mit dem Roten Meer verbunden, und wir bezahlen den Preis dieser Vereinigung. Was haben Schiffe im Land der Beduinen zu suchen? Zum ersten Mal hat die Wüste eine Grenze!«

Unverrichteterdinge mußte die Karawane umkehren.

Die Geschichte von dem blauen Wasser in der Wüste erreichte auch den türkischen Sultan. Dieser wurde hellhörig. Während er in seinem prächtigen Palast in Stambul eine Wasserpfeife nach der anderen schmauchte, träumte er davon, in diesem Kanal ein Bad zu nehmen.

Der Sultan ließ seinen Pascha zu sich rufen. »Wer

bewohnt das Land, durch das der Kanal fließt?« erkundigte er sich.

»Der Kanal fließt durch die Wüste, o gnädiger Sultan, und die Wüste ist das Land der Beduinen.«

»Welchen Tribut entrichten diese Untertanen dem Reich?«

»Tribut? Sie bezahlen weder Steuern, noch stellen sie Soldaten. Mit ihren Herden streifen sie durch die Wüste.«

Der Sultan schüttelte sein Haupt. »Wer hätte gedacht, daß diese leeren Sanddünen so bedeutsam würden?«

Der Pascha lächelte zufrieden, denn schon lange waren ihm diese widerborstigen Wüstensöhne ein Dorn im Auge.

»Diese Kameltreiber sollen die Mittagssterne sehen!« murmelte er bei sich.

»Schaff mir Rat!« befahl der Sultan.

Der Pascha zwirbelte seinen langen Schnurrbart.

»Die Beduinen sind in Stämme gegliedert, und jeder Stamm wird von einem Scheich geführt. Was die Kontrolle über sie erschwert, ist nicht ihre Anzahl, sondern ihre Unstetigkeit. Einmal sind sie hier, einmal dort; sie sind einfach nicht zu fassen.«

»Dieses Wanderleben wird ein Ende haben, so wahr ich der Sultan der Osmanen bin!«

Der Pascha nickte zustimmend. »Wir müssen diese Kameltreiber an die Scholle binden. Solange sie ihre schwarzen Zelte auf Kamelrücken laden, werden sie uns immer entweichen. Wenn wir sie jedoch in Baracken zwingen, bringt das der Hohen Pforte viele Vorteile: Es erleichtert uns die Kontrolle über das Land und über seine Bewohner. Und wie die Fellachen werden die Beduinen Steuern zahlen!«

»Dein Rat zeugt von Klugheit!« lobte der Sultan. »Dein Vorschlag soll in die Tat umgesetzt werden.«

Mit einem tiefen Bückling verabschiedete sich der Pascha. Geraume Zeit später befahl er seine Offiziere zu sich, um sie von dem Plan zu unterrichten. Als der Pascha seine Ausführungen beendet hatte, erkundigte sich ein Offizier: »Wo sollen wir beginnen?«

»Bei den nördlichen Stämmen, den Stämmen des Negev!« entschied der Pascha.

Hussein, der Erzähler, seufzte tief:

Und so nahm das Unglück seinen Lauf. Erst schnitt uns der Kanal den Handelsweg ab, und dann hatten wir die Türken am Hals.

Ein Trupp Soldaten, geführt von einem türkischen Offizier, machte sich auf den Weg zu unserem Stamm, den Tyaha. Ein Hirte, der am Rande des Stammesgebietes seine Herde weidete, kam atemlos ins Zeltlager gerannt.

»Soldaten! Soldaten!« schrie er. Die Kunde verbreitete sich in Windeseile.

»Sind es viele?«

»Ein gutes Dutzend«, antwortete der Hirte.

»Vielleicht haben sie sich nur in der Wüste verirrt?« mutmaßte einer.

»Warten wir ab!«

Die Männer versammelten sich zur Beratung im Scheichzelt. Es dauerte nicht lange, als sich in der Ferne eine Staubwolke abzeichnete, die langsam näher rückte.

»Wir bekommen Besuch!« sagte der Kadi.

»Sollten wir nicht die Kamele besatteln und ihnen entgegenreiten?«

Unwirsch wies der Scheich den Vorschlag zurück: »Das wäre zuviel der Ehre für diese Maultierreiter!«

»Was das wohl zu bedeuten hat?« sinnierte ein Greis.

»Wasserfluten und Regierungen traut man nicht.«

Der Trupp ritt in das Stammeslager ein. Am Scheichzelt angekommen, zügelte der türkische Offizier sein Maultier. »Wer ist euer Anführer?«

Der Scheich trat vor das Zelt. »Der Gast sei gegrüßt!«

»Bist du der Stammesführer?«

»Stellt ihr immer Fragen, bevor ihr einen Gruß entbietet?« Der Offizier gab seinen Soldaten das Zeichen zum Absitzen. Mit einladender Geste wies der Scheich auf die Feuerstelle. »Ihr steht vor dem Gastzelt, tretet ein! Die Kaffeekanne ist gefüllt.«

»Wir sind keine Gäste«, entgegnete der Offizier barsch. »Wir sind gekommen auf Befehl der Hohen Pforte!«

»Und wie lautet der Befehl?« erkundigte sich der Kadi, der hinzugetreten war.

»Von jetzt an sollt ihr nicht mehr in Zelten, sondern in Baracken wohnen!«

»Die schwarzen Zelte, die Allah in seinem Heiligen Buch pries, sollen wir abschlagen? Ihr scherzt!« Der Scheich war aufgebracht.

»Habt ihr gehört, Männer? In seinem Palast mag der Sultan befehlen, doch die Wüste kennt keine Befehle; sie hat ihre eigenen Gesetze!«

»Das wird sich zeigen!« grinste der Offizier. Auf sein Handzeichen hin zückten die Soldaten ihre Schwerter und umstellten das Gastzelt.

Die Männer sprangen auf, jeder legte seine Rechte an den Dolch und wartete auf einen Wink.

Unterdessen waren die Frauen aus den umliegenden Zelten herbeigeeilt. Einige von ihnen führten Zeltstangen mit sich.

Eine der Frauen trat auf den Offizier zu. »Wir sollen unsere Zelte aufgeben? Weißt du überhaupt, wie lange wir an einem Zelt arbeiten? Wenn wir zu Beginn des Sommers die Ziegen scheren, so dauert es bis zum ersten Winterregen, bis die Zeltbahnen gewoben sind!«

»Die Baracken ersparen euch diese Arbeit!« höhnte ein Soldat.

»In Baracken verdorren wir in der Sommerhitze. Und Baracken können nicht wandern!« erwiderte die Frau mit bebender Stimme.

»Die Wanderschaft wird sowieso ein Ende haben. Dies ist der Wille des Sultans!«

Der Offizier wandte sich an den Scheich. »Du

kennst den Befehl. Schlagt dieses Zelt ab, sonst werden es meine Soldaten tun!«

Der Scheich griff nach einem Zeltseil, seine Augen funkelten. »Wehe dem, der das Gastzelt berührt! Es ist offen für den Freund, und selbst der Feind findet Schutz in ihm. Doch wer es verletzt, verwirkt das Gastrecht!«

Der alte Hussein schaute in die Runde: Woher sollte dieser starrköpfige Offizier, der zwischen vier Wänden aufgewachsen war, die Sitten der Wüste kennen? Den Seßhaften ist kein Gastrecht heilig! Hussein trank ein Schlückchen Kaffee und fuhr fort:

Und so gab der Offizier Befehl, das Scheichzelt niederzureißen. Kaum hatte einer der Soldaten das erste Zeltseil durchtrennt, als sich die Männer wie Löwen auf die Angreifer stürzten. Nach kurzem Kampf lagen die Leichen der Soldaten samt ihres Anführers vor dem Zelt.

Vergeblich wartete der Pascha auf die Rückkehr seiner Soldaten. Als ihn schließlich die Nachricht von dem Vorfall erreichte, war er außer sich vor Zorn: »Das Maß ist voll! Ich werde diesen lausigen Kameltreibern den Respekt vor der Hohen Pforte schon noch einbleuen!«

Und der Pascha beschloß, eine Strafexpedition auszurichten, die er selbst führen wollte.

Es war an einem frühen Morgen. Die Sonne warf ihre ersten Strahlen über die Zeltdächer und ließ die

Tautropfen der Nacht in allen Farben schillern. Die ersten Rauchschwaden schwebten über dem Lager, und der Duft von frischgebackenem Fladenbrot breitete sich aus. Die Hirten molken ihre Kamelstuten, und die jungen Mädchen machten sich an das Melken der Schafe und Ziegen.

Ein Mädchen im heiratsfähigen Alter, schlank wie eine Gazelle, flocht ihr dichtes, schwarzes Haar, das sie zuvor mit frischem Kamelurin gewaschen hatte, zu dicken Zöpfen. Aus dem Scheichzelt hallte der Kaffeemörser wider, alles schien seinen geregelten Gang zu gehen, als plötzlich ein Reiter vor dem Scheichzelt stand.

Unbemerkt, als hätte der Bauch der Erde ihn ausgespien, war er plötzlich da. Er ließ seine erschöpfte Kamelstute niederknien:

»Soldaten! Soldaten, so zahlreich wie Heuschrecken!«

»Wo sind sie?«

»Sie haben bald den Brunnen erreicht!«

»Türken?« erkundigte sich der Scheich. Der Reiter nickte.

Hastig wurden Kamele und Pferde besattelt. Hals über Kopf flüchteten die Bewohner aus dem Zeltlager, um in abgelegenen Höhlen und Schluchten Schutz zu suchen. Ihr Hab und Gut ließen sie zurück.

Wenig später umzingelten die Soldaten des Sultans das Zeltlager.

»Diesmal gibt es kein Entkommen!« frohlockte der Pascha, als er die Herden vor den Zelten sah.

»Diesmal gehen uns die Wüstenfüchse samt ihren Herden ins Netz!«

Wie groß war die Enttäuschung, als sie die Zelte menschenleer fanden. Sie durchsuchten jeden Winkel, doch das Lager war verlassen. Außer sich vor Zorn gab der Pascha Befehl, die Zelte niederzureißen und die Tiere zu beschlagnahmen.

»Diesmal müssen wir uns mit den Herden begnügen, ein anderes Mal werden wir ihre Besitzer in die Falle locken!« schwor ein Offizier.

Und so wurden unsere Herden auf dem Basar von Jerusalem zu Schleuderpreisen versteigert.

Die Kundschafter des Stammes verkündeten schließlich den Abzug der Soldaten. Erleichtert nahmen die Bewohner die Nachricht auf, verweilten jedoch zur Sicherheit noch eine Nacht in den Höhlen.

Bei der Rückkehr fanden sie das Zeltlager verwüstet; die Zeltseile waren durchtrennt, die Zeltbahnen zerrissen, die Wasservorräte verschüttet. An den umgeworfenen Butterkrügen und den prallen Käsebeuteln hatten sich die Hunde gütlich getan.

Doch am schmerzhaftesten war der Verlust der Herden. Ein Zeltbewohner, der sich jahrelang als Hirte verdingt hatte, stand fassungslos vor dem leeren Gatter.

»Was fangen wir nur an!« jammerte er. »Ich kenne die Herde seit Generationen, ich kenne das Gesicht jedes einzelnen Tieres. In den kalten Winternächten habe ich die Lämmer und Zicklein aus den Bäuchen ihrer Mütter gezogen. Durch Schluchten und über Sanddünen bin ich gewandert auf der Suche nach Weide!« Er hieb mit dem Stock auf das leere Gatter. »Habe ich Schafe und Ziegen vor den Mäulern der hungrigen Wölfe geschützt, damit sie nun diesen Hundesöhnen in die Hände fallen? Allah möge sie vom Paradies fernhalten!«

Ein anderer suchte den Wütenden zu beschwichtigen: »Wir sind am Leben, o Bruder! Hätte der Himmel uns nicht diesen Reiter gesandt, so wäre uns ein größeres Unglück widerfahren. Diese Tarbuschträger haben keine Ehre, Menschenleben sind ihnen billig!«

Eine junge Frau, die vergeblich nach ihrem Brautschmuck gesucht hatte, verbarg ihr Schluchzen hinter dem Schleier.

»Weinen erweckt die Toten nicht zum Leben!« mahnte der Stammesälteste, und so begannen die Bewohner, das Zeltlager wieder aufzubauen. Als erstes wurde das Gastzelt errichtet. Um die Feuerstelle geschart, berieten sich die Männer.

»Die Herden haben wir verloren, doch unsere Ehre ist unbefleckt«, ergriff der Scheich das Wort.

»So viele Herden für eine Handvoll Soldaten?« schimpfte ein Hirte. »Das ist ein stolzes Wehrgeld!« Beifallheischend blickte er in die Runde.

Der Blutrichter hob seinen Kopf. »Meine Vorfahren waren Blutrichter, so wie ich es bin. Und ich sage euch: Nach den Gesetzen der Wüste haben die Türken keinen Anspruch auf Blutrache. Wer wie sie das Gastrecht mit Füßen tritt, ist vogelfrei. Das Recht ist auf unserer Seite. Der Pascha hat nicht einmal Anspruch auf einen einzigen Piaster Blutgeld!«

Eine Zeitlang noch war der Stamm wachsam. Doch als weitere Angriffe ausblieben, hielt man dies für ein Zeichen der Versöhnung.

So verging die Zeit. Da die Herden verloren waren, wandten sich viele Stammesbewohner dem Ackerbau zu. Unzählige Steinbrocken bedeckten die Ackerkrume. Groß und klein machten sich an die Arbeit. Es war mühsam, die ungestümen Kamele an den Scharfpflug zu gewöhnen, ihr Gebrüll war weithin zu hören.

Als schließlich mit großer Mühe die ersten Furchen gezogen waren, kam roter Boden zum Vorschein, und so nannte man unser Stammesgebiet al-Humra, die rote Erde. Wir bauten Getreide an, und da Allah unserem Stammesgebiet Regen schenkte, fiel die Ernte reichlich aus. Die Gerstenkörner waren ungewöhnlich groß. Zahlreiche Händler aus den Städten suchten das Zeltlager auf, um Überschüsse abzukaufen, und mit dem Erlös erwarben die Stammesbewohner Schafe und Ziegen.

Der Ruf unserer Gerste überschritt sogar die Landesgrenze. Sie war eine begehrte Ware auf den Märkten von Gaza, Jaffa, Jerusalem und Bethlehem, und von den Häfen aus wurde sie in ferne Länder verschifft.

Einmal begleitete ich die Karawane nach Gaza. Ich fragte den Händler, dem ich meine Ladung verkauft hatte: »Wohin bringen die Schiffe das Getreide?«

»Über das Meer nach Europa!« erwiderte der Händler.

»Ist das weit?« hakte ich nach in meiner Neugier.

»Wenn du mit deinem Lastkamel im Frühling losziehst, wirst du im Sommer ankommen«, grinste der Händler.

»Warum kaufen die Menschen dort so viel Gerste?« wollte ich wissen. »Brauchen sie Futter für die Herden, oder herrscht dort immer Dürre?«

Der Händler prustete vor Lachen: »Dein Kamel würde in der Wasserflut ertrinken! Nein, aus deiner Gerste wird ein Getränk gebraut. Wenn die Menschen viel davon trinken, werden sie heiter oder schläfrig, und manche verlieren gar den Verstand!«

Der Ruf unseres Getreides kam auch dem Sultan zu Ohren. Er schickte uns die Steuereintreiber auf den Hals. Und da man mit den Feldern nicht wandern kann wie mit den Herden, mußten wir wohl oder übel der Hohen Pforte einen Teil der Ernte abgeben.

Die Jahre vergingen, und Allah schenkte dem Land einen neuen Pascha. Er war klüger als sein Vorgänger. Anstatt die Peitsche zu gebrauchen, lockte er uns mit guten Worten. Unmittelbar nach seiner Amtsübernahme richtete er ein Festmahl aus, zu dem er die Beduinenscheichs einlud.

Nachdem die Gäste getafelt und die reichlichen

Geschenke in Empfang genommen hatten, sprach der Oberscheich zu dem Gastgeber: »Wir danken dir für deine Großzügigkeit! Es wäre eine große Ehre für die Beduinen, dich als Gast in unserem Stammeslager empfangen zu dürfen!«

Der Gastgeber zeigte Wohlwollen. »Ich liebe die Wüste, und ich habe Achtung vor der Tapferkeit ihrer Bewohner. Sie hat nicht wenige Propheten geboren, und ihre Söhne haben das Wort Allahs verbreitet.« Der Pascha hielt kurz inne. »Seit es den Kanal gibt, haben die Engländer ein Auge auf euer Land geworfen! Der Sultan will euch beschützen, dafür erwartet er eure Unterstützung!«

»Der Sultan, der Herrscher des großen Reiches, braucht Hilfe?«

»Ich weiß, daß mein Vorgänger nicht immer klug gehandelt hat«, fuhr der Pascha fort, »laßt uns die Geschichte mit den Baracken begraben. Der gnädige Sultan wird eure Sitten respektieren!«

Die Scheichs nickten zufrieden.

»Die Grenzen des Reichs müssen befestigt werden. Deshalb überlegt sich der Sultan, eine Stadt zu gründen. Sie soll am Schnittpunkt eurer Stammesgebiete errichtet werden, dort, wo die sieben Brunnen liegen. Die Stadt wird Beer Seba, die Stadt der sieben Brunnen, heißen. Keiner von euch wird gezwungen, seine Zelte abzuschlagen, doch überlegt euch den Vorschlag gut!«

Aufmerksam hatten die Scheichs den Worten des Paschas gelauscht.

Nachdenklich kehrten sie in die Stammeslager zurück. Überall in den Männerrunden wurde bis spät in die Nacht über die Siebenbrunnen-Stadt gesprochen.

»Ich bin im Zelt geboren, und dort werde ich auch sterben«, sagte der Älteste unseres Stammes. »Auf meine alten Tage werde ich mich nicht zwischen vier Wänden einsperren lassen!«

»In einem Haus ist man angepflockt wie ein Esel«, pflichtete ihm ein anderer bei. »In Baracken ließen wir uns nicht zwingen, nun lockt der Sultan uns mit Steinhäusern!«

Der Kadi erhob sich. »Wir sind Beduinen und keine Städter! Wo sollen wir Feuer anfachen?«

»Und wo sollen die Kamele weiden?«

»Wenn der Pascha kommt, werden wir ihm unsere Bedenken vortragen!« beschied der Kadi.

Der bevorstehende Besuch des Paschas war ein unerschöpfliches Thema an den Lagerfeuern. Die Stammesältesten besprachen die Einzelheiten für das Empfangsfest. Die Vorbereitungen waren in vollem Gange. Von mehreren Zelten trennten die Frauen Zeltbahnen ab, um das Scheichzelt zu verlängern. Es maß einen Steinwurf, als es fertig war. Neben dem Ehrengast samt seinem Troß erwartete man Würdenträger aus allen umliegenden Stämmen. Im Innern wurde das Zelt mit gewobenen Teppichen ausgelegt, so daß der Boden in seiner Farbenpracht einer Frühlingswiese glich.

Die Feuerstelle verlegte man von der Zeltmitte an den Rand, damit der angesehene Gast vom Rauch nicht belästigt würde. Die Zeltbewohner spendeten für das große Gastmahl Schafe und Ziegen.

Zur versprochenen Stunde erreichte der Gast unser Stammesgebiet. Als die Kundschafter des Stammes seine Ankunft meldeten, kam Bewegung in die Runde im Festzelt. Die Männer erhoben sich; die einen strichen ihre Umhänge glatt, die anderen rückten ihre Kopfbedeckungen zurecht.

In einer langen Reihe vor dem Zelt erwarteten die Würdenträger den Gast.

Der Pascha erschien in Begleitung seiner Leibwache.

»Der Gast sei willkommen!« begrüßte ihn der Oberscheich.

Der Pascha neigte seinen Kopf. Gemächlich stieg er von seinem Roß ab. Der Reihe nach begrüßte er die Gastgeber. Dann geleitete man den Gast in das Zelt. Der Pascha entledigte sich seiner Schuhe und wies die Leibwache an, ein gleiches zu tun.

»Er kennt die Sitten«, flüsterte ein Greis.

Dann ließen sich die Gäste nieder.

Ein junger Mann brachte ein Ziegenfell voll frischen Wassers, das die Gäste nach der langen Reise erfrischen sollte. Dann machte die Schnabelkanne ihre erste Runde. Jeder trank drei Schälchen.

»Der Kaffee ist würzig«, lobte der Pascha.

»Er hat sich lange ausgeruht«, erwiderte der Oberscheich.

Nachdem Gast und Gastgeber genügend Komplimente ausgetauscht hatten, wandte sich der Oberscheich an den Stammesdichter: »Dein Beutel ist voll von Geschichten. Bis das Festmahl gar ist, gib uns eine Probe deiner Kunst!«

Der Stammeserzähler ließ sich nicht lange bitten. Er erhob sich und ließ sich im Schneidersitz vor dem Pascha nieder: »Möge meine Geschichte den hohen Gast unterhalten!«

»Laß hören!« ermunterte ihn der Angesprochene und schob ein besticktes Kissen unter seinen Arm.

»Jede Geschichte enthält in ihrem Kern ein Stück Wahrheit!«

Der Stammesdichter lächelte.

»Ich erzähle euch die Geschichte vom Khalifen und der Ziegenhirtin. Sicher ist euch Mu'awyya, der berühmteste Khalif der Omayyaden, kein Unbekannter. Mu'awyya hatte nicht nur Sinn für prächtige Bauwerke, er hatte auch ein offenes Auge für Frauen. Mit den Jahren vermählte er sich mit vielen Mädchen. Wenn es in seinem Harem Streit gab, pflegte er auf die Jagd zu gehen. Der Khalif war ein geübter Jäger, sein Pfeil verfehlte selten sein Ziel.

Eines Tages nun begaben sich der Khalif und sein Großwesir auf die Jagd. Zur Einstimmung der Pferde veranstalteten sie ein Wettrennen. Nach einigen Runden entdeckten sie in der Ferne eine Gazellenherde. Und da die Gazellenjagd die Lieblingsbeschäftigung des Khalifen war, setzten die beiden den Tieren nach.

Eine junge Gazelle trennte sich von der Herde. Wie geblendet folgte der Khalif diesem Tier, während der Wesir den anderen Gazellen nachjagte.

Und so nahm das Schicksal seinen Lauf. Während der Khalif der Spur nach Osten folgte, entschwand der Wesir Richtung Norden.

Der Schimmel des Khalifen war von edler Abstammung, in vielen Rennen erprobt; doch die Gazelle war schnell. In weiten Sprüngen hüpfte sie mal hierhin, mal dorthin. Die Verfolgung schien kein Ende zu nehmen. Als die Sonne am höchsten stand, verlor der Jäger das Tier aus den Augen. Er suchte in den Schluchten und Höhlen, doch die Fährte war nicht mehr aufzuspüren.

Schließlich wurde der Jäger gewahr, daß er nicht nur die Gazelle, sondern auch die Orientierung verloren hatte. Wie sollte er in der weiten syrischen Steppe den Rückweg nach Damaskus finden?

Tagelang irrte der Khalif umher. Sein Wasservorrat ging zur Neige. Er zweifelte, ob er die Hauptstadt seines Reiches je wiedersehen würde.

Doch in der höchsten Not begegnete ihm eine Ziegenhirtin mit ihrer Herde.

»Wer bist du, Fremder?« erkundigte sich das Mädchen.

»Ein Händler auf der Suche nach seiner Karawane«, versetzte der Khalif. »Und wer bist du?«

»Ich bin Maisun al-Badawiah.«

Sie reichte dem Entkräfteten eine Schale Milch.

Der Khalif betrachtete das Mädchen lange. Sie

war weder groß noch klein. Sie war von schlanker Gestalt und hatte den Gang einer Antilope. Ihre Augen waren so groß wie die eines Kamelfüllens.

»Wie komme ich nach Damaskus?« erkundigte sich der Khalif.

Das Beduinenmädchen wies ihm den Weg. »Laß die Morgensonne immer hinter deinem Rücken!«

Mit einem freundlichen Nicken verabschiedete sich der Khalif. Als er auf seinem Schimmel davonritt, wanderten seine Blicke immer wieder zurück.

Während er so dahinritt, traf er auf seinen umherirrenden Wesir. Dieser atmete erleichtert auf: »Wie sollte ich ohne euch nach Damaskus zurückkehren, man hätte meiner Geschichte keinen Glauben geschenkt. Ich wäre des Verrats bezichtigt worden!« Der Wesir hielt kurz inne. »Habt ihr die Gazelle erjagt?«

Mu'awyya strich sich über den Bart, ein Hauch von Freude huschte über sein Gesicht. »Die Gazelle ist mir entwischt, doch eine Antilope hat meinen Weg gekreuzt.«

Der Wesir schaute um sich. »Wo ist die Beute? Mein Magen knurrt!«

»Ich habe sie in der Wüste zurückgelassen!« Der Khalif lächelte.

»Beim Anblick ihrer Schönheit errötet der Mond! Beim Leben aller Propheten, ich werde das Beduinenmädchen heiraten!«

»Eine Ziegenhirtin?« wunderte sich der Wesir. »Ist dein Harem nicht reich an Schönheit?«

»Das laß meine Angelegenheit sein!« fuhr ihn der Khalif an. »Schaff mir das Mädchen herbei, oder du verlierst deinen Kopf!«

»Und wo soll ich sie finden?«

»Folge den Spuren meines Schimmels, sie führen dich zu ihrer Weide.«

Und so kam es, daß sich der Khalif der Omayyaden mit Maisun, dem Beduinenmädchen, vermählte.

Nach den Festlichkeiten ließ der Khalif die berühmtesten Baumeister aus Byzanz zu sich rufen. Der Palast, den er in Auftrag gab, wurde ein wahres Wunderwerk. Bunte Mosaiken bedeckten den Boden, die bogenförmigen Fenster ruhten auf Marmorsäulen. Sprudelnde Springbrunnen spendeten frisches Wasser. Rosensträucher und Jasmin umrankten die Portale.

Eines Nachts, als der Khalif Maisun aufsuchte, fand er sie in Tränen aufgelöst.

»Hat dich eine meiner Frauen beleidigt, oder hat dir ein Eunuch einen Wunsch versagt?« erkundigte er sich.

Maisun schüttelte den Kopf.

»Was bedrückt dich?« hakte er nach.

Maisun schlang ihre Arme um den Hals des Khalifen. »Ich habe einen Wunsch!«

»Er soll in Erfüllung gehen«, versprach der Khalif.

Maisun schaute ihm in die Augen. »Ich sehne mich nach einem Zelt!«

»Ein Zelt?« Der Khalif wollte seinen Ohren nicht trauen.

»Ja, ein Zelt!«

Und Maisun trug ihm die folgenden Verse vor:

> »Ein Zelt, durch das der Wind weht,
> ist mir lieber als ein hoher Palast!
> Ein Stück Fladenbrot ist mir lieber
> als ein ganzer Laib!«

»Wenn du dich so nach dem Wüstensand sehnst, sollst du dein Zelt bekommen«, versprach der Khalif.

Und so kam es, daß neben dem prächtigen Palast ein Zelt aus Ziegenhaar aufgeschlagen wurde.«

Der Erzähler verstummte.

Der Pascha strich sich über die Stirn. Dann sprach er: »Dieser Khalif hat klug und weise gehandelt. Einmal soll er gesagt haben: ›Ich gebrauche mein Schwert nicht dort, wo meine Peitsche reicht. Und ich setze diese nicht da ein, wo meine Zunge genügt. Wenn zwischen mir und meinen Untertanen ein Haar ist, wird das Haar nicht reißen. Wenn die Untertanen daran ziehen, werde ich nachlassen; lassen sie nach, werde ich ziehen!‹«

Der Gast nahm einen Schluck Wasser aus dem Krug. »Die Geschichte mit dem Khalifen liegt lange zurück. Die Zeiten haben sich geändert!«

»Hat nicht Allah in seinem Heiligen Buch die schwarzen Zelte gepriesen?« entgegnete der Oberscheich.

»Und haben unsere Dichter das Zelt nicht in Versen gelobt? Das Zelt, gewoben aus den Haaren der Ziegen, wandert mit uns auf der Suche nach Wasser und Weide. Ein Zelt zu haben ist der erste der zehn Wünsche der Wüste. Das Zelt macht uns frei, und ohne Freiheit ist ein Leben in der Wüste nicht denkbar!«

Der Gastgeber gab seinem Sohn ein Zeichen, das Festmahl aufzutragen. Auf großen Platten türmten sich Berge von Fladenbrot und Fleisch. Einer der Scheichs schob dem Pascha die zartesten Fleischstücke zu. Der Gast ließ es sich schmecken. Dem reichhaltigen Mahl folgte eine Runde Kaffee.

»Die Gastfreundschaft der Beduinen wird nicht zu Unrecht gerühmt«, ergriff der Pascha das Wort und fuhr fort:

»Ich werde der Hohen Pforte eure Wünsche und Bedenken vortragen, doch der Sultan ist fest entschlossen, die Siebenbrunnen-Stadt zu bauen. Es liegt an euch, ob ihr die Zelte gegen Steinhäuser eintauschen wollt. Niemand wird gezwungen, der gnädige Sultan wird sich an die Weisheit des Khalifen der Omayyaden halten. Doch überlegt euch die Entscheidung wohl!«

Der Pascha streifte mit seinen Blicken den Horizont. »Die Sonne hat den Zenit überschritten. Es ist Zeit für uns aufzubrechen!« Mit warmen Dankesworten verabschiedete sich der hohe Gast von den Beduinen.

Und so endete der Besuch des Paschas.

Einen Frühling nach diesem denkwürdigen Besuch nahm der Pascha Verhandlungen mit den Beduinen auf. Im Tausch gegen Goldmünzen erwarb er Land für die Siebenbrunnen-Stadt.

Er beauftragte Baumeister für die Planung, und wenige Jahre später wurden die ersten Steinhäuser errichtet. Eine Moschee mit einem Minarett und ein Gerichtsgebäude folgten.

Den Beduinen bot er kostenlos Grundstücke an, auf denen sie Steinhäuser bauen konnten, doch die Wüstenbewohner hielten sich von der Siebenbrunnen-Stadt fern. Sie waren nicht zu bewegen, ihre Zelte aufzugeben.

Und so kam es, daß mit der Zeit Städter und Fellachen aus anderen Gegenden die Stadt bevölkerten. Viele von ihnen waren Händler, sie eröffneten Läden und betrieben Geschäfte. Da die neugegründete Stadt inmitten des Beduinenlandes lag, wurde sie bald zu einem Handelszentrum der Negev-Beduinen.

Der Pascha veranstaltete regelmäßig Feste zu Ehren der Scheichs und beschenkte sie, um die Stämme fester an die Stadt zu binden.

Doch die Zeiten änderten sich. Dem Sultan der Osmanen wehte der Wind ins Gesicht. Während seine Feinde übermächtig wurden, wuchs die Willkür in seinem Reich. Die Beduinen bekamen es bald zu spüren: Die Steuereintreiber beschlagnahmten immer größere Anteile der Ernte, und die Soldaten mißhandelten die Zeltbewohner. Die Soldaten führten einen Galgen mit sich, Menschenleben waren ihnen billig.

Ungerechtigkeit waltete überall im Land.

Und dann brach der große Krieg aus. Der Sultan, der in Bedrängnis war, suchte Hilfe bei den Stämmen. Auf die Bitte eines türkischen Offiziers hin stellten die Negev-Beduinen dem Sultan eine große Reiterschar zur Verfügung. Die Stammeskrieger trafen am Suezkanal auf indische und pakistanische Truppen, die von englischen Offizieren befehligt wurden.

Die Männer unserer Stämme waren tapfer. Sie besiegten die Gegner, erbeuteten Waffen und Kamele.

Doch konnte dies am Schicksal des Reiches nichts ändern. Der Stern des Sultans ging unter, sein Reich zerfiel, und wie eine Meute hungriger Wölfe stürzten sich Engländer und Franzosen auf die Beute.

Eines Morgens, kurz nach Sonnenaufgang, als die Männer im Scheichzelt wie gewöhnlich den Morgenkaffee tranken, näherte sich eine Gestalt dem Männerzelt. Als sie vor dem Zelteingang stehen blieb, rief das Stammesoberhaupt: »Hier ist der Platz der Männer! Nebenan ist der Raum für die Frauen!«

Doch die Frau schien nicht zu hören. Noch bevor der Scheich sich erheben konnte, war sie in das Zelt gehuscht. In einer blitzschnellen Bewegung schlang sie ihre Arme um den Hals des Scheichs: »Ich bin deine Schutzbefohlene! Ich flehe zu dir und deinem Stamm!«

»Der Schutz sei dir gewährt!« versprach der Scheich und suchte sich aus der Umklammerung zu lösen. Doch die Frau ließ sich nicht abschütteln.

»Bei uns bist du sicher. Wer dich mit Wasser schlägt, den werden wir mit Blut schlagen!« versicherte der Kadi.

Auf seine Worte hin ließ die Frau von dem Scheich ab.

»Wer verfolgt dich, weshalb suchst du Schutz?« wollte der Scheich wissen.

Die Schutzbefohlene blieb stumm.

Der Scheich wies mit der Hand auf das Frauenabteil: »Geh zu den Frauen!«

Doch statt den Sitten zu folgen, löste die Schutzsuchende ihren Schleier.

Die Anwesenden wollten ihren Augen nicht trauen, als Mabruk, der schwarze Steuereintreiber der Türken, vor ihnen stand. Seine Lippen zitterten.

»Die Engländer..., die Engländer«, stammelte der Schwarze.

»Was ist mit den Engländern?«

»Sie jagen uns wie Hasen. Sie haben die Siebenbrunnen-Stadt erobert! Ich weiß nicht wohin!«

Der Scheich entfernte sich für einen Augenblick, dann kam er mit einem Gewand in der Hand zurück. »Das Frauenkleid brauchst du jetzt nicht mehr!«

Der Schützling bedankte sich mit einer höflichen Verbeugung und schlüpfte in das feine Gewand.

»Jetzt siehst du wie ein Scheich aus!« spottete einer der Männer.

Ein anderer, der das Schauspiel stumm betrachtet hatte, knirschte: »Wenn ich dir vor dem Gastzelt begegnet wäre, hätte ich dir mit diesem Dolch die Kehle durchschnitten. Du hast die Ernte beschlagnahmt, und die Soldaten des Sultans haben uns mißhandelt. Und jetzt suchst du Schutz bei uns!«

»Bruder, beruhige dich!« wandte sich der Stammesdichter an den Zürnenden.

»Weinen macht die Toten nicht lebendig!«

»Der Mann ist in Frauenkleidern zu uns geflüchtet. Im Gastzelt ist auch der Widersacher vor dem Schwert des Rächers sicher!« wies der Scheich den Zürnenden zurecht.

Und so fand Mabruk, der ehemalige Steuereintreiber des Sultans, Schutz bei uns. Er schlief im Gastzelt und machte sich bei der Feldarbeit nützlich. Und mit den Jahren nahmen wir ihn in unseren Stamm auf. Mit seinem großen Humor gewann er allmählich die Herzen der Stammesbewohner, und man verzieh ihm seine früheren Übeltaten.

Eines Tages, als der Scheich alleine im Gastzelt saß, trat Mabruk zu ihm. »Mein Beschützer! Meine Jugendjahre liegen hinter mir.«

»Was bedrückt dich, Mabruk?« erkundigte sich der Scheich.

»Ich wünsche mir Kinder!«

»Heiraten willst du? Der Wunsch ist nicht unbillig. Ich werde mich nach einer geeigneten Frau umschauen.«

»Ich habe eine Bitte«, fügte Mabruk hinzu. »Sie soll weder geschieden noch verwitwet sein!«

»In unserem Nachbarstamm gibt es schwarze Familien, deren Vorfahren aus dem Sudan stammen. Sie werden unseren Antrag nicht ablehnen!«

Am Abend besprach der Scheich die Angelegenheit mit den Stammesältesten. Keiner hatte Einwände.

»Seine Nachkommen sind eine Stärkung für unsere Sippe«, sagte der Kadi.

»Ich werde für die Brautgabe aufkommen!« bot der Scheich an.

Und so wurde Mabruk mit einem Mädchen des Nachbarstammes vermählt. Mit den Jahren schenkte ihm Allah Söhne und Töchter.

Der alte Hussein griff nach dem Wasserkrug. Mit einem langen Strahl ließ er das Wasser in seinen Mund fließen.

»Die Kehle des Erzählers ist trocken!« kommentierte einer in der Runde.

»Ganz richtig«, versetzte der Alte. »Und bevor ich weitererzähle, brauche ich einen Kaffee, der den Kopf aufrichtet!«

Der Stammeskadi nahm sich der Aufgabe an.

Der Bodenrichter trat vor das Zelt und ließ seine Blicke schweifen. Alles war ruhig.

»Der Wind schläft«, verkündete er. Einige Zuhörer verschwanden in der Schlucht und kamen erleichtert zurück.

Als der Kaffee zubereitet war, versammelte sich die Runde wieder.

»Bevor ich mit dem Erzählen fortfahre, möchte ich euch fragen: Wo waren wir stehengeblieben?«

»Du hast von der Heirat des Schwarzen, Mabruk, erzählt!« meldete sich ein Junge in der Runde. Der alte Hussein strich dem eifrigen Zuhörer lächelnd über den Haarschopf.

Der Gast mit den blauen Augen

Ich habe erzählt, daß die Türken aus Palästina vertrieben wurden. Doch an ihrer Stelle nisteten sich die Engländer ein. Die Negev-Beduinen hatten dem Sultan beigestanden. Als das Stammesgebiet schließlich in die Hände der Engländer geriet, gingen die Besatzer mit uns hart ins Gericht.

Sie verhängten Verbote, die uns das Leben schwer machten: Beduinische Händler durften nicht mehr mit Salz, Getreide und Waffen handeln. Auch der Tabakanbau wurde verboten. Waren unsere Karawanen bislang zum Toten Meer und in den Sinai gezogen, um Salz zu beschaffen, schrumpften nun unsere Salzvorräte.

Verstöße gegen die Bestimmungen wurden schwer bestraft. Begegneten die Soldaten einem beduinischen Händler, beschlagnahmten sie das Kamel samt der Ladung. Der Händler mußte Münzen bezahlen, und manch einer landete sogar im Gefängnis.

Es waren schwere Zeiten. Die Zeltbewohner wurden gezwungen, ihr Getreide zu Spottpreisen an die Engländer zu verschleudern und das Salz zu Wucherpreisen bei ihnen zu kaufen. Überall in der Wüste richteten die Engländer Polizeiposten ein.

Das Verbot, eigenen Tabak anzupflanzen und zu rauchen, traf die Zeltbewohner hart. Seit alters hatten sie ihren Hischi-Tabak angebaut, der ein besonders kräftiges Aroma hatte. Trafen die Polizisten auf einen Beduinen, durchsuchten sie ihn nach Tabak, und bisweilen führten sie auch Razzien in den Stammeslagern durch. Und wenn sie in einem Zelt beduinischen Tabak fanden, wurden die Raucher bestraft. Das Strafmaß richtete sich nach der Tabakmenge.

Mit der Zeit hängten manche ihre Pfeifen an die Zeltstangen. Statt ihres geliebten Hischi-Tabaks sollten sie nun englische Zigaretten rauchen. Diese waren nicht nur teuer, die Raucher konnten sich an die neue Tabaksorte auch nicht gewöhnen. Viele begannen zu husten.

Eines Abends saßen die Männer im Gastzelt beisammen. Der Stammesälteste, der sich einen Vollmond lang geweigert hatte, den englischen Tabak anzurühren, öffnete mißmutig drei englische Zigaretten und füllte damit seine Pfeife. Dann griff er nach der kleinen Feuerzange und setzte eine glühende Ziegenperle auf den Pfeifenkopf. Er zog kräftig an seiner Pfeife, bis die Ziegenperle in lauter kleine Funken zersprang. Als er den ersten Rauch ausblies, schüttelte ihn ein Hustenanfall.

»Reiß dich zusammen, Bruder!« wandte sich der Scheich an den Stammesältesten.

Der Alte bekam kaum noch Luft. Ermattet legte

er seine Pfeife zu Boden. Im gleichen Augenblick donnerte es, dem Alten entfuhr ein Furz.

Die Runde brach in Lachen aus. »Der Stammesälteste hustet von oben und von unten!« Der Kadi, der Mitleid hatte, reichte dem Alten den Wasserkrug. Es dauerte, bis dieser sich erholt hatte.

»Bei Allah, diesen englischen Tabak kann nicht einmal ein Kamel vertragen«, empörte er sich.

Die Lage der Beduinen wurde immer angespannter. Und so sannen die Scheichs auf Abhilfe. »Solche Einschränkungen hat es nicht einmal unter der Türkenherrschaft gegeben. Wenn wir keinen Handel treiben dürfen und alles gegen Münzen kaufen sollen, werden wir zugrunde gehen!« gab ein Scheich zu bedenken.

»Die Engländer sind schlimmer als jeder Raubzug«, schimpfte ein anderer.

»Ein Räuber zieht sich irgendwann zurück, aber diese Engländer werden wir nicht los!«

»Ich habe die türkische Schule besucht. Beim letzten Markttag in Jerusalem habe ich in der Zeitung gelesen, daß die Engländer die Araber von der Herrschaft des Sultans befreien wollen«, bemerkte der Oberscheich.

»Die Araber befreien? Die Engländer haben den Scherif von Mekka betrogen. Sie versprachen den Arabern die Unabhängigkeit, und so kämpften die Stämme in Arabien auf seiten der Engländer gegen die Türken. Ein englischer Offizier – sie nennen ihn Lawrence von Arabien – führte sie im Kampf an!«

sagte ein Scheich. Dann fuhr er fort: »Aber wir haben auf seiten des Sultans gekämpft, deshalb sind die Engländer wütend auf uns.«

Der Oberscheich strich sich über den Bart. »Die Engländer haben Kanonen, und Kanonen können wir nicht besiegen. Die Hand, die du nicht erreichst, mußt du küssen, auch wenn du wünschtest, du könntest sie abhacken. Ich schlage vor, daß wir den englischen Hochkommissar von Palästina zu uns einladen!«

»Deine Idee ist klug!« bemerkte der Stammeskadi.

»Wenn wir seinen Zahn füttern, drückt er vielleicht ein Auge zu.«

Und so einigten sich die Scheichs, den Hochkommissar im Zeltlager zu empfangen.

Eine Abordnung von Würdenträgern suchte den Hochkommissar in seiner Residenz in Jerusalem auf, und dieser nahm die Einladung an.

Für den erwarteten Besuch trafen die Stämme alle Vorbereitungen. Sieben Tage vor Ankunft des Gastes schleppten die Frauen Säcke voll Wasser herbei, um Decken und Kopfkissen zu waschen. Der Duft von Olivenseife erfüllte das Zeltlager. Über den Zeltseilen flatterte die Wäsche im Wind.

Die Stammesbewohner schlugen ein langes Festzelt auf.

Am Tage der Ankunft sattelten zwei Dutzend Kamel- und Pferdereiter ihre Tiere, um den Gast gebührend zu empfangen. Die Tiere waren mit gewobenen Satteltaschen, Fransen und Ketten geschmückt.

Bereits vor Sonnenaufgang hatten sich die ersten Besucher eingefunden. Keiner wollte das Ereignis verpassen. Die Schar der Neugierigen schwoll so an, daß ein zweites Festzelt errichtet wurde.

Als die Sonne über der vorderen Zeltbahn des Festzeltes stand, zeichnete sich am Horizont eine dicke Staubwolke ab.

»Der Gast kommt!« rief ein Junge.

»Richtig, das ist nicht die Staubwolke eines Kamels, es muß das Auto des Hochkommissars sein!« pflichtete ihm der Scheich bei.

Langsam kam die Staubwolke näher, und als sie drei Meilen vom Festzelt entfernt war, ritten die Pferde- und Kamelreiter los, um den Gast zu begrüßen. Die Anwesenden stellten sich inzwischen in Reihen vor dem Festzelt auf, um dem Gast ihre Ehrerbietung zu erweisen.

Die Reiter geleiteten das Auto an sein Ziel. Vor dem Zelt brachte der Chauffeur das Fahrzeug zum Stehen. Der Hochkommissar stieg aus. In seiner Begleitung waren zwei Offiziere.

Der Gast war hochgewachsen, fast so groß wie die mittlere Zeltstange. Als er später das Zelt betrat, mußte er seinen Rücken krümmen. Seine Haut war so weiß, als ob sie niemals die Sonne gesehen hätte. Doch am auffälligsten waren seine blauen Augen mit ihrem stechenden Blick.

»Verflucht seien seine Augen!« murmelte ein alter Mann.

»Blaue Augen bringen Unglück! Allah und der Stammesahn mögen uns schützen!« sprach der Stammesälteste bei sich.

Nachdem der Gast mit den blauen Augen die Scheichs und Oberscheichs per Handschlag begrüßt hatte, bat man ihn in das Festzelt. Er und seine Begleitung ließen sich auf den weichen Matratzen nieder. Der Hochkommissar ließ seine Blicke schweifen.

»Eure Hoheit sei im Land der Beduinen willkommen!« sprach der Oberscheich der Tyaha zu dem Gast. Dieser bedankte sich mit einem Nicken.

Dann brachte Hassan, der schönste Junge des Stammes, das kupferne Kaffeetablett mit der Schnabelkanne und bot dem Gast ein Schälchen gewürzten Kaffee an.

Der Hochkommissar betrachtete die schlanke Gestalt des Jungen. Während dieser Kaffee nachschenkte, ließ ihn der Gast nicht aus den Augen. Hassan war schön wie der Mond in seiner Fülle. Sein dichtes schwarzes Haar war zu zwei langen Zöpfen geflochten. Die Mädchen des Stammes beneideten ihn um seine Schönheit.

Nachdem Hassan die Schnabelkanne neben der Feuerstelle abgestellt hatte, gab der Hochkommissar ein Handzeichen, daß der Junge zu ihm kommen sollte. Hassan ließ sich neben dem Gast nieder.

»Wie heißt du?« fragte der Hochkommissar.

»Mein Name ist Hassan, der Schöne!«
»Wie alt bist du?«
»Letztes Jahr war mein Beschneidungsfest.«
»Und wann werden die Knaben beschnitten?« erkundigte sich der Gast weiter.

»Wenn der älteste Sohn im dreizehnten oder vierzehnten Frühling ist, veranstaltet der Vater das Beschneidungsfest für seine Söhne. Und wann werden die Knaben bei euch beschnitten?« fragte der Junge keck.

»Wir haben diese Sitte nicht!« entgegnete der Gast. Mit seiner langen, schmalen Hand strich er dem Jungen über die Haarzöpfe.

Angespannt hatte die Runde die Unterhaltung der beiden verfolgt.

»Die Schönheit des Jungen hat den Gast verzaubert!« bemerkte der Kadi.

»Allah beschütze meinen Sohn vor den blauen Augen!« flüsterte der Vater des Jungen. Auf einen Wink des Vaters schlüpfte der Junge aus dem Zelt.

Der Hochkommissar lehnte sich auf einen Stapel von Kissen zurück. Seine Blicke schweiften in die Ferne.

»Man hat mir erzählt«, wandte er sich an den Oberscheich, »Palästina sei eine Wüste! Auf meiner Fahrt zu euch sah ich überall Zelte und nicht wenige Getreidefelder.«

»Der Negev ist ein großes Gebiet; hier leben Nordstämme und Südstämme. Das Land der Nordstämme hat Allah mit Fruchtbarkeit gesegnet, die

Südstämme betreiben wenig Ackerbau, dafür haben sie große Ziegenherden. Vor vielen Jahren brach zwischen dem Stamm der Tyaha und dem Stamm der Terabin ein Krieg aus. Die Terabin hatten ein Auge auf unser fruchtbares Land geworfen. Der Krieg kostete vielen Männern das Leben, doch am Ende besiegten wir die Terabin.«

»Davon habe ich in einem Buch gelesen!« sagte der Hochkommissar.

»Du solltest den Menschen mehr Glauben schenken als den Büchern!« versetzte der Oberscheich.

Der Gastgeber entfernte sich einen Augenblick, dann kehrte er mit einem Schwert in der Hand zurück. »Das Schwert ist ein Geschenk für Eure Hoheit!«

Der Gast bedankte sich mit einem warmen Händedruck. Die Waffe war kunstvoll mit Silber beschlagen und mit Perlen verziert.

»Dieses Stück habe ich von meinem Großvater geerbt. Mit diesem Schwert hat er das Gastzelt gegen die Soldaten des Sultans verteidigt!«

»Und woher stammt dieses Schwert?« wollte der Hochkommissar wissen.

»Mein Großvater ließ sich die Waffe in Damaskus anfertigen.« Der Oberscheich hielt kurz inne.

»Wir Wüstenbewohner rühmen uns unserer Großzügigkeit, doch drei Dinge verleiht ein Beduine nicht: seine Frau, seine Stute und sein Schwert!«

Und so unterhielten die Zeltbewohner den Gast, bis das Festmahl aufgetragen wurde.

Beim Essen war der Gast zaghaft, während die Gastgeber kräftig zugriffen und auch schon ihre ersten Zigaretten rauchten.

»Essen die Engländer immer so langsam?« erkundigte sich ein Greis.

»Er ißt wie ein Vogel!« bemerkte ein anderer.

»In seinem Land sind die Menschen nicht gewohnt, mit den Händen zu essen. Sie essen wie Kranke: Jeder hat eine eigene Schüssel vor sich und benutzt Werkzeuge!«

Nach dem Mahl gab es eine Runde Kaffee. Einer der Scheichs wandte sich an den Hochkommissar: »Jetzt sind wir mit dir durch Salz und Brot verbunden. Aus den Körnern unseres Getreides backen wir das Brot, und das Salz stammt vom Toten Meer. Wir treiben schon seit jeher Handel mit Getreide und Salz. Die Hohe Pforte hat uns daran nicht gehindert, warum versagt ihr uns diesen Handel?«

Der Hochkommissar zog ein Stück Papier aus seiner Jackentasche und begann zu schreiben. »Was habt ihr außer diesen Verboten noch zu beklagen?«

»Waffenhandel!« warf ein Händler ein.

»Die Sache mit den Waffen ist eine heikle Angelegenheit. Dafür ist der Kriegsminister zuständig!« erwiderte der Hochkommissar unwirsch.

»Die Engländer wollen jetzt selbst Waffenhandel treiben!« flüsterte ein Greis dem verärgerten Händler zu.

»Was gibt es noch für Beschwerden?« fragte der Gast weiter.

»Wir wollen wie früher unseren Tabak selbst anbauen und rauchen. Die englischen Zigaretten bekommen uns nicht und sind teuer!« sagte der Stammesdichter.

Der Hochkommissar machte sich Notizen.

»Die Weideplätze für unsere Herden werden immer knapper«, klagte der Kadi. »Seit die Türken vertrieben sind, kommen immer mehr Juden ins Land. Wir brauchen Weideland für unsere Herden, wenn die Dürre uns heimsucht!«

»Für die Einwanderung der Juden bin ich nicht zuständig. Die Regierung Ihrer Majestät hat eine Kommission beauftragt, die Sache zu untersuchen!« erwiderte der Gast.

Der Hochkommissar hörte sich die Beschwerden der Beduinen geduldig an. Nachdenklich studierte er seine Notizen. Gespannte Stille herrschte.

Dann ergriff der Gast das Wort. »Eure Gastfreundschaft hat mir große Freude bereitet. Wir Engländer sorgen für Frieden und Ordnung in diesem Land. Die Lage in Palästina ist äußerst verwickelt. Eure Probleme sind noch die geringsten!«

Der Hochkommissar blickte in gespannte Gesichter.

»Im Süden eures Stammesgebietes dürft ihr euren Hischi-Tabak anbauen; die Grenze soll südlich der Siebenbrunnen-Stadt verlaufen. Die Frage mit den Weideplätzen müssen wir noch bedenken!«

Dann fragte der Gast: »Habt ihr für das Stammesgebiet eine Taba, eine Besitzurkunde?«

»Wozu brauchen wir eine Taba?« warf der Bodenrichter ein. »Das ist nichts weiter als ein Stück Papier. Ich bin Bodenrichter, wie es mein Vater war. Seit unzähligen Generationen weiden unsere Herden auf diesem Land, und wir bestellen die Felder, wenn Allah uns Regen schenkt. Unsere Vorfahren haben das Land mit ihren Schwertern verteidigt. Die Türken waren grausam, doch sie haben unsere Besitzrechte nie in Zweifel gezogen. Als sie die Siebenbrunnen-Stadt erbauten, haben sie uns Münzen bezahlt für das Stück Land am Schnittpunkt der Stammesgebiete. Wir, die Beduinen, können weder schreiben noch lesen, und unsere Vorfahren haben uns gelehrt: ›Was ist billiger als Tinte? Papier!‹ Jeder Stamm kennt sein Land und seine Wasserquellen!«

Der Hochkommissar hatte aufmerksam gelauscht. »Ich habe Verständnis für euch, und ich schätze die Sitten und Gebräuche der Wüste, doch das Landproblem in Palästina wird immer heikler. Viele Fellachen haben ihre Felder verloren!« Der Gast schwieg einen Augenblick. »Was haltet ihr davon, Land zu verkaufen?«

Der Stammesälteste war empört: »Wir wollen das Land nicht verkaufen. Wo sollen wir unsere Zelte aufschlagen? Wir haben gute und schlechte Tage gesehen, unsere rote Erde ist uns teuer! Der Beduine trägt sein Schwert für die Ehre seiner Frau und für sein Land!«

Und der Bodenrichter fügte aufgebracht hinzu: »Wer kein Land hat, muß in seine Hand scheißen!«

Mit einem kurzen Blick auf die Uhr bemerkte der Gast: »Ich glaube kaum, daß wir heute alle Probleme lösen können! In Jerusalem warten andere Verpflichtungen auf mich.«

Und so endete der Besuch des Hochkommissars von Palästina im Zeltlager der Beduinen. Nach einer Weile war die Staubwolke hinter den Berghügeln verschwunden.

Die Begegnung mit dem Hochkommissar hinterließ tiefe Spuren.

Ein Greis, der stumm in der Zeltecke hockte und umständlich seine Pfeife reinigte, wurde nachdenklich: »Was hat wohl die Sache mit dem Papier zu bedeuten?« murmelte er vor sich hin.

»Bruder, ein Städter auf dem Markt von Jaffa hat mir erzählt, daß die Schiffe tagtäglich Juden von weit her nach Palästina bringen. Land wird immer knapper!«

Die Zeltbewohner waren dabei, die Probleme hin und her zu wälzen und die unterschiedlichsten Mutmaßungen anzustellen, als ein markerschütternder Schrei widerhallte:

»Mein Sohn! Mein Kind!«

Der Schrei kam aus dem Zelt von Abu Hassan. Wie Löwen sprangen die Männer auf und hasteten zu dem Zelt. Eine Traube von Menschen umringte den Eingang.

»Was ist passiert?«

»Hassan liegt regungslos auf dem Teppich!«

»Der Derwisch! Wo ist der Derwisch?« rief der Kadi.

»Er verrichtet das Gebet!« tönte eine Stimme.

»Er soll sein Gebet verkürzen!« befahl der Scheich.

In Windeseile wurde der Derwisch geholt. Hassan, der Schöne, lag auf dem Teppich wie eine verdorrte Blume.

Der Derwisch betrachtete den Jungen. »Der böse Blick hat ihn getroffen!« konstatierte er.

»Die blauen Augen des Engländers! Erinnert ihr euch? Seine Augen haben nicht abgelassen von dem Jungen!« rief einer der Umstehenden.

»Blaue Augen verkünden Unglück«, versetzte ein anderer, »sie können den Regen im Himmel halten!«

Die Mutter warf sich dem Derwisch an den Hals. »Rette meinen Sohn, meinen Augenschein! Er darf nicht sterben!« schluchzte sie.

»Um den bösen Blick außer Kraft zu setzen, brauche ich ein Stück Stoff vom Kleid des Fremden. Ich werde es verbrennen, und wenn Hassan den Rauch einatmet, wird er mit Allahs Hilfe geheilt!« sagte der Derwisch.

»Der Engländer ist über alle Berge. Fällt dir nichts anderes ein?«

»Wir hätten den Jungen verstecken sollen!« bemerkte ein alter Mann. »Ich habe gemurmelt:

›Seine Augen seien verflucht!‹, um den bösen Blick abzuwehren!«

Der Scheich wiegte seinen Kopf. »Beim nächsten Besuch wird der häßliche Auda mit der Plattnase den Kaffee servieren!«

Inzwischen hatte der Derwisch aus der Tasche seines Gewandes eine blaue Perle zutage gefördert. Mit einem Faden band er sie an eine Haarsträhne des Jungen, so daß sie über seiner Stirn baumelte. Dann warf der Derwisch Weihrauch in die Glut.

Erst als der Abendstern über dem Zeltlager aufging, kehrte wieder Ruhe ein.

»So stechend blaue Augen habe ich in meinem ganzen Leben nicht gesehen. Sie können ein Kamel töten!« sagte der Stammesälteste. Er stocherte mit einer Zange in der Glut. »Diese Augen sind ein böses Omen für das Land. Die Geschichte mit Hassan war nur der Anfang!«

»Bruder, beruhige dich!« beschwichtigte ihn der Scheich. »Die blaue Perle des Derwischs wird helfen!«

Unwirsch schüttelte der Alte den Kopf. »Wie gern möchte ich dir glauben, doch ich habe die Macht dieser blauen Augen gespürt. Sie haben unser Land getroffen. Eine ganze Kette von blauen Perlen wird das Unglück nicht abwehren!«

Es dauerte vierzig Tage, bis Hassan, der Schöne, wieder wohlauf war.

Einige Jahre waren vergangen, seit der Gast mit den blauen Augen das Stammeslager besucht hatte. Die Beduinen bebauten ihr Land mit Getreide, und wenn die Dürre das Stammesgebiet heimsuchte, wanderte ein Teil der Zeltbewohner nach Norden, um bei der Zitrusernte in Jaffa einzuspringen. Und wenn Allah unser Land mit Regen beschenkte, kamen die Fellachen zur Erntezeit zu uns.

Eines Jahres fiel die Ernte besonders reichlich aus. Auf dem Dreschplatz türmten sich Berge von Weizen- und Gerstenkörnern. Jede Sippe schmückte ihren Getreidehaufen mit bunten Stoffen, die auf Gabeln gespießt waren. Golden schimmerte das Korn im Sonnenlicht. Nach den Mühen der Ernte betrachteten die Zeltbewohner mit Genugtuung den Dreschplatz. In seiner Nähe vermied man lautes Reden, Pfeifen und Furzen, um die Baraka nicht zu vertreiben. Auch die Zahl Sieben sprach man nicht aus; wenn die Bewohner die Ernte mit dem Scheffel maßen, so sagten sie statt dessen: sechs auf sechs.

Ein alter Hadsch, der in seiner Jugend die Pilgerfahrt gemacht hatte, ließ seine Ernte kaum aus den Augen. Oft saß er in den Abendstunden vor dem Getreidehaufen und ließ die Perlen seiner Gebetskette durch die knochigen Finger gleiten.

»O Allah, vermehre meine Ernte durch deinen Segen, deine Baraka!« murmelte er. Und obgleich der Alte sehr kinderlieb war, scheuchte er jedes Kind beiseite, das sich seinem Haufen näherte, aus Furcht, es könnte einen Furz lassen.

Eines Morgens beschlossen die Kinder, dem Alten einen Streich zu spielen. Der Alte hatte sein Morgengebet verrichtet und belud seinen Esel mit vierzig leeren Säcken. Auf dem Dreschplatz angekommen, setzte sich der Alte nieder. Kaum hatte er den ersten Scheffel Getreide abgefüllt, als hinter dem Strohhaufen ein Dutzend braune Augen hervorlugten.

Der Alte drehte sich um: »Was wollt ihr? Was habt ihr hier zu suchen?«

»Wir wollen eine Handvoll Weizenkörner zum Rösten. Das kannst du uns nicht verweigern!«

»Meinetwegen!« brummte der Alte. »Allahs Baraka ist groß.«

Die Kinderschar umringte den Hadsch. Als dieser sich bückte, um den Kindern ihren Anteil zu geben, schürzte ein Junge sein Gewand und machte auf dem Haufen einen Kopfstand. Als der Alte den Jungen wie eine Zwiebel auf dem Kopf stehen sah, erstarrte das Blut in seinen Adern. Noch bevor er die Gabel zu fassen bekam, donnerte ein Furz.

»Ihr Teufel! Ich werde euch die Ohren langziehen!« brüllte der Alte und fuchtelte mit der Gabel. Fassungslos mußte er zusehen, wie die Kinder auseinanderstoben.

Inzwischen hatte eine Gruppe von Männern den Dreschplatz erreicht.

»Wenn du weiter schreist, vertreibst du uns allen die Baraka!« flüsterte der Scheich. Der Hadsch zitterte vor Wut.

»Allah schenke deinem Haufen Segen!« wünschte der Bodenrichter. Die Männer gingen dem Alten zur Hand, als er den Weizen in die Säcke füllte. Als der zwölfte Sack zur Hälfte gefüllt war, war der Haufen abgetragen.

Verdutzt blickte der Alte auf die leeren Säcke: »Allah hat mir Baraka geschenkt, doch der Furz hat sie erschreckt!« Er ereiferte sich: »Verflucht seien eure Kinder! Ich habe in der Hitze geschuftet, und diese Teufel vertreiben im letzten Augenblick die Baraka!«

»Wir waren alle einmal klein!« versuchte der Scheich den Alten zu besänftigen. »Bruder, du kannst deine leeren Säcke von meinem Haufen füllen! Komm mit uns in das Männerzelt!«

»Mein Sohn soll an allem schuld sein?« verteidigte sich der Vater des Übeltäters.

»Hast du die Blicke des Gastes mit den blauen Augen vergessen?«

»Ihr habt doch gesehen, wie der Haufen geschrumpft ist!« schimpfte der Alte. Nur mit Mühe ließ er sich dazu bewegen, mit den Männern in das Gastzelt zu gehen.

Die Geschichte auf dem Dreschplatz bewegte die Gemüter. Sie gab Anlaß zu viel Heiterkeit. In den Erzählungen wurde der Getreidehaufen zu einem Berg und der Furz zu einem hallenden Donner.

Doch dann unterbrachen die Rufe eines Kamelhirten die Unterhaltungen:

»Reiter! Reiter!«

Eine Schar von Maultierreitern näherte sich der Schlucht. Doch anstatt die Zelte anzusteuern, bogen die Reiter ab.

»Sie reiten zum Dreschplatz!« rief der Kadi. »Wir müssen vor ihnen dort sein, es sind keine Getreidehändler!« Die Männer eilten zum Dreschplatz, so schnell ihre Beine sie trugen.

»Was habt ihr hier zu suchen?« rief der Scheich den Fremden zu.

»Wir kommen von der Regierung!« erwiderte einer der Reiter.

Die Fremden stiegen von ihren Maultieren ab, und diese taten sich gütlich an den Weizenkörnern.

»Weshalb seid ihr hier?« wollte der Scheich wissen.

Einer der Fremden, der hochgewachsen war und einen langen Schnurrbart trug, zeigte mit seiner Peitsche auf die gefüllten Säcke: »Wem gehören diese Säcke?«

»Sie gehören Hadsch Ibrahim!« gab der Scheich zur Antwort.

»Vier Säcke davon sind als Steuer zu entrichten!« Er befahl den Reitern, die Säcke aufzuladen.

»In einigen Tagen kommen wir wieder, um von den andern die Steuern einzuziehen!« Er gab seinem Maultier einen Hieb mit der Peitsche, und auf seinen Wink machte sich die Karawane auf den Weg.

Nachdenklich blickten die Zeltbewohner den Maultierreitern nach.

»Ich bin ein Unglücksrabe!« jammerte der Alte. »Zuerst der Furz und jetzt die Steuereintreiber! Von einem Unglück ins andere!«

»Wir haben jetzt keine Zeit zum Jammern!« versetzte der Stammesälteste. »Bevor die Steuereintreiber zurückkommen, müssen wir einen Teil der Ernte in Sicherheit bringen!«

»Das Getreide muß noch liegen, um die Baraka zu empfangen!« warf ein anderer ein.

»In diesen unruhigen Zeiten können wir nicht mehr auf die Baraka warten! Bis Allahs Segen vom Himmel niedersteigt, ist unser Getreide längst in den Händen der Steuerbeamten!«

Während der Nacht versteckten die Zeltbewohner Säcke voll Getreide in den Höhlen. Als die Steuereintreiber nach wenigen Tagen wiederkehrten, fanden sie nur noch kleine Getreidehaufen auf dem Dreschplatz vor.

»Ist eure Ernte geschrumpft?«

»Die Ernte war gut, aber die Baraka blieb dem Dreschplatz fern!« antwortete ein Mann.

»Ich werde in Zukunft dafür sorgen, daß die Baraka den Dreschplatz besucht!« bemerkte der Steuereintreiber, als er die spärlichen Säcke aufladen ließ.

Im folgenden Jahr erschien der Steuereintreiber, noch bevor die Ähren reif waren. Vor dem Scheichzelt zügelte er sein Maultier.

»Seit dreißig Jahren bin ich nun Steuerbeamter. Keiner hat mich so an der Nase herumgeführt wie ihr! Dieses Jahr mögt ihr so viel Getreide verstecken, wie ihr wollt, ich bekomme meinen Anteil. Das Feld neben dem Brunnen wirft viel Getreide ab. Davon bekomme ich sieben Kamelladungen. Von dem anderen Feld, wo die Schafe weiden, bekomme ich fünf Kamelladungen!«

Und so bestimmte der Steuereintreiber für jedes Feld die Abgabe. Dann ritt er auf seinem Maultier davon.

Mit den Jahren wurden nicht nur die Felder besteuert, auch für Kamele, Schafe und Ziegen mußten wir Münzen bezahlen.

Hussein, der Erzähler, musterte nachdenklich die Runde: Ich habe euch von dem Gast mit den blauen Augen erzählt. Sein böser Blick hatte das ganze Land getroffen. Die Lage in Palästina wurde immer angespannter.

Immer mehr Juden besiedelten das Land, und die Palästinenser riefen den Generalstreik aus. Der Streik dauerte ein halbes Jahr. Er war von Unruhen begleitet, die vielen Menschen das Leben kosteten. Die Araber schossen auf die Juden, die Juden auf die Araber, und die Engländer das eine Mal auf die Araber, das andere Mal auf die Juden.

In langen Nächten berieten sich die Bewohner des Zeltlagers. Sorge breitete sich aus.

»Die Araber sind die Mehrheit in Palästina. Warum sollten wir uns fürchten?« sagte der Stammesdichter.

»Vergiß nicht, daß die Schiffe Tag für Tag mehr

Menschen in das Land bringen, als die arabischen Frauen gebären!« gab sein Nachbar zu bedenken.

»Die Engländer haben versprochen, der Einwanderung einen Riegel vorzuschieben! Ich glaube, diesmal sind sie ehrlich!«

»Ehrlich!« empörte sich ein junger Mann. »Sie haben nie Wort gehalten!«

»Und England ist mächtig! Heutzutage zählen nicht mehr die Männer, die Kanonen bestimmen den Erfolg!« warf ein Greis ein.

Sieben Tage später suchte ein weiteres Unglück das Zeltlager heim. Eine Epidemie brach aus und verbreitete sich in den Zelten wie Nebelschwaden. Vor allem Ältere und Kinder raffte die Krankheit hinweg. Tagtäglich trug man die Leichen zur Grabstätte.

Als der Bezirksgouverneur in der Siebenbrunnen-Stadt von der Erkrankung erfuhr, sandte er Soldaten, die das Zeltlager abriegelten. Niemand durfte das Stammeslager betreten, und niemand durfte es verlassen. Die Nahrungsvorräte schrumpften, und das Futter für die Tiere wurde knapp.

Eine Frau, die zwei Kinder zu beklagen hatte, wandte sich an die anderen Zeltbewohnerinnen: »Wir müssen mit den Soldaten reden. Vielleicht hat der Offizier ein Herz!« Eine Schar von Frauen machte sich auf den Weg zu den Soldaten.

»Bleibt stehen! Kommt nicht näher!« rief der Offizier. Die Frauen verlangsamten ihre Schritte.

»Wir sind genesen!« rief die Hebamme dem Offizier zu.

»Das stimmt nicht. Gestern habt ihr zwei Leichen zur Grabstätte getragen!« erwiderte der Offizier.

»Wer bis jetzt nicht erkrankt ist, wird gesund bleiben!« hielt die Hebamme dagegen.

»Gesund oder krank, ihr dürft das Lager nicht verlassen! Ich habe bis jetzt keinen Befehl erhalten, die Quarantäne aufzuheben«, erwiderte der Offizier aufgebracht.

»Wenn du uns nicht glaubst, dann sende einen Arzt zu uns. Er wird meine Worte bestätigen!« forderte die Hebamme ihn auf.

Erst nach einem langen Wortwechsel lenkte der Offizier ein. Er besprach sich mit dem Bezirksgouverneur der Siebenbrunnen-Stadt. Dann verkündete er den Wartenden: »Kehrt zurück in eure Zelte. Morgen werden wir einen Arzt schicken!«

Die Kunde verbreitete sich wie ein Lauffeuer im Zeltlager.

»Die Kranken bekommt der Arzt nicht zu Gesicht!« verfügte die Hebamme. »Jeder soll sein Festkleid anlegen. Wir müssen den Arzt überzeugen, daß wir gesund sind, sonst werden wir elendiglich verrecken.« Ihr Rat fand Zustimmung.

Die Zeltbewohner erwarteten den Besuch mit großer Spannung. Der Stammesälteste, der als erster vorgeführt werden sollte, wälzte sich schlaflos auf seinem Lager.

Bereits vor Sonnenaufgang herrschte reges Treiben in den Zelten. Der eine suchte sein seidenes Gewand, der andere forschte vergeblich nach seinem kamellledernen Gürtel. Eine Frau grub in der Zeltecke nach einem Beutel, in dem ihr Brautschmuck verborgen war, ihre Nachbarin flocht sich Perlen in die Haarzöpfe. Die Kinder wurden unter lautem Geschrei der Reihe nach in den Waschschüsseln geschrubbt.

Die Kranken versteckte man hinter Matratzenstapeln in den Zeltwinkeln.

Als sich die Sonne erhob und die Tautröpfchen auf den Zeltdächern in den ersten Morgenstrahlen schimmerten, näherte sich ein Fahrzeug. Es hielt neben dem Scheichzelt an. Ein Mann mit einem Koffer in der Hand stieg aus.

»Das muß wohl der Doktor sein!« sagte der Scheich.

Dem Stammesältesten brach der Schweiß aus allen Poren.

»Bruder, sei tapfer!« mahnte der Scheich.

»Ich fürchte mich«, stammelte der Alte. »Man hat mir erzählt, daß der Doktor eine lange Nadel hat. Soll ich mich auf meine alten Tage stechen lassen? Und dazu noch von einem Fremden?«

»Du bist doch gesund, dir wird er nichts tun!« beruhigte ihn sein Nachbar.

Währenddessen geleitete der Scheich den Besucher in das Zelt und bat ihn, Platz zu nehmen.

»Wo sind die Kranken?« erkundigte sich der Arzt. Der Scheich wies auf den Stammesältesten. Der Arzt trat auf den Alten zu, schaute ihm in die Augen, fühlte ihm den Puls, dann bat er ihn, das Gewand abzulegen: »Ich möchte deinen Rücken sehen!«

Der Alte schlotterte.

»Ich muß dich untersuchen«, beharrte der Arzt.

Ein anderer schaltete sich ein: »Als kleiner Junge wollte der Stammesälteste aus dem Hühnerstall ein Ei stehlen. Er kroch bis zum Gürtel in den Stall. Noch bevor er nach dem Ei greifen konnte, sprang der Wachhund auf und biß ihm in die Hinterbacke. Seit diesem Vorfall hält er seine Rückseite immer bedeckt.«

Der Arzt nickte. Er öffnete den Gewandausschnitt des Alten und tastete Brust und Bauch ab.

»Ich kann nichts Auffälliges entdecken!« teilte der Arzt mit.

Nachdem er die anwesenden Männer untersucht hatte, geleitete ihn die Hebamme zu den Frauen.

»Hast du einen Kranken gefunden?« erkundigte sie sich.

»Nein.«

»Die Frauen sind auch gesund.«

Im ersten Zelt traf der Arzt auf eine junge Frau, die ihr Neugeborenes im Arm schaukelte.

»Du kannst die Frau nicht berühren, sie ist Wöchnerin«, mahnte die Hebamme und fuhr fort: »Es ist gegen unsere Sitten, sich fremden Männern zu zeigen!«

Der Arzt blickte ratlos um sich. »Wenn die Männer gesund sind, warum sollten die Frauen krank sein? Die Epidemie ist vorbei!«

Die Hebamme winkte eine Frau herbei. »Hol den Truthahn!« flüsterte sie.

»Hier ein Geschenk für dich!« wandte sie sich an den Arzt. »Der Vogel ist gut im Futter!« fügte sie hinzu.

Der Arzt klemmte den Truthahn unter den Arm. »Ich werde euch eine Bescheinigung ausstellen, daß ihr gesund seid!« versprach er. Die Hebamme drückte ihm dankbar die Hand.

Und so wurde nach wenigen Tagen die Quarantäne aufgehoben.

Die Nachricht verbreitete sich in Windeseile. Freunde und Verwandte aus den Nachbarstämmen suchten uns in den Zelten auf. Die Satteltaschen ihrer Esel waren gefüllt mit Mehl, Zucker und Kaffee. »Wir waren eingesperrt wie Schafe im Gatter. Sie haben uns von der Welt abgeschnitten. Was gibt es für Neuigkeiten?« erkundigte sich der Stammeskadi.

»Die Tochter von Ayad hat geheiratet. Ihr Bruder hat sie gegen die Tochter seines Onkels getauscht. Es war das aufwendigste Fest seit langem in unserem Stammeslager!« erzählte ein Nachbar.

»Ich war letzte Woche auf dem Markt von Jaffa«, berichtete ein anderer. »Die Zeitungsverkäufer machen zur Zeit gute Geschäfte. Ich setzte mich ins Kaffeehaus und lauschte einem Städter, der aus der Zeitung vorlas!«

»Und was stand in der Zeitung?« wollte der Scheich wissen.

»Alles habe ich nicht verstanden. Der Städter berichtete von großen Unruhen in den Städten Palästinas, und im fernen Europa soll ein Krieg ausgebrochen sein!«

Der Stammeskadi hatte aufmerksam gelauscht. Er wandte sich an den Händler: »Was sagen die Leute im Kaffeehaus?«

»Ein dicker Städter, der gemütlich an seiner Wasserpfeife zog, kommentierte: Die Engländer sind jetzt mit ihren eigenen Angelegenheiten beschäftigt. Sie haben einen Streit angefacht und wollen sich nun still und heimlich zurückziehen. Sie gehen ins Wasser und kommen trockenen Fußes heraus. Jetzt werden sich die Juden und die Araber bekriegen!«

Was der Städter befürchtet hatte, trat ein. England verlor die Kontrolle über Palästina. Alle Versuche, das Land zwischen den Juden und den Arabern aufzuteilen, scheiterten.

Am Ende entschieden die Kanonen.

Das Unglück nahm seinen Lauf. Kanonendonner hallte wider, Rauchwolken stiegen empor. Überall im Land verbreitete sich Panik. Aus den Städten, Dörfern und Zeltlagern flüchteten die Menschen, Hab und Gut ließen sie zurück. Man erzählt, daß manche Mütter in der Aufregung ihre Säuglinge mit Kopfkissen verwechselten.

Auch die Siebenbrunnen-Stadt war in Rauchwolken gehüllt. Bei Nacht und Nebel schlugen viele Sippen ihre Zelte ab und flüchteten in die benachbarten Gebiete nach Jordanien, nach Gaza und in den

Sinai. Von den zahlreichen Stämmen des Negev blieb nur ein kümmerlicher Rest zurück. Stämme und Sippen wurden auseinandergerissen. Manche Zeltbewohner suchten Zuflucht in Schluchten und Höhlen in der Hoffnung, in ihre Zeltlager zurückkehren zu können. Viele unserer Stammesbrüder flohen nach Jordanien, unter ihnen auch Mabruk, der ehemalige Steuereintreiber des Sultans.

Am Ende des Krieges behielten die Juden die Oberhand. Der Gast mit den blauen Augen hatte das Land verlassen; die Juden traten sein Erbe an. Sie errichteten ihren Staat. Neue Grenzen durchtrennten das Land der Beduinen.

Hussein, der Erzähler, legte eine Pause ein. Einer der Zuhörer nahm sein schlafendes Kind auf den Arm und verließ das Zelt. Salem, der Hirte, verschwand eine geraume Zeit, um nach seinen neugeborenen Lämmern und Zicklein zu schauen.

Der Scheich setzte die Teekanne aufs Feuer. Als das Wasser brodelte, ließ er eine Handvoll Tee, reichlich Zucker und einige Zimtstangen in die Kanne gleiten. Die Raucher drehten sich einen Vorrat an Zigaretten für die nächste Erzählrunde.

Der Kadi, der durch ein Zeltloch lugte, verkündete: »Der Mond steht über der Spitze der mittleren Zeltstange, es ist Mitternacht.« Mit der Hand prüfte er die Windrichtung.

»Es weht immer noch ein kalter Wind von Norden!«

»Sei unbesorgt, die Geschichten des Alten werden uns wach halten!« versicherte ein Kamelhirte.

Bis sich die Zuhörerschaft wieder einfand, verteilte der Scheich die ersten Gläser Tee. Der Erzähler nippte an seinem Glas: »Der Tee ist stark und gut gewürzt!« lobte er den Scheich. Er zog noch einmal kräftig an seiner Pfeife, dann nahm er den Erzählfaden wieder auf.

Der gelehrte Esel

Der Gast mit den blauen Augen hatte sich aus Palästina zurückgezogen, doch die Macht seiner Blicke war ungebrochen.

Härter als alle Vorgänger griffen die neuen Herren in unser Leben ein. Für den Negev wurde ein israelischer Militärgouverneur ernannt. Sein Stock war trocken, er regierte mit eiserner Faust.

Abram, der Gouverneur, zog von den übriggebliebenen Sippen Männer ein. Unter Aufsicht von Soldaten mußten sie die Felder der geflüchteten Fellachen abernten. Lohn bekamen sie keinen. Ein Stammesbewohner durfte die Felder nur verlassen, wenn seine Sippe Ersatz stellte.

Nach den langen, heißen Monaten der Ernte türmte sich auf dem Dreschplatz ein Berg von Ähren. Die Ernte war fast abgeschlossen, die Drescharbeiten standen vor der Tür.

Eines Nachts, als die Erntearbeiter erschöpft auf dem Boden lagen, weckte sie ein lautes Knistern.

»Die Ähren brennen!« rief einer. »Die Rauchwolken steigen bis zum Himmel!« Es dauerte nicht lange, bis die Flammen die trockenen Ähren völlig verzehrt hatten.

»So ein Dummkopf!« murmelte einer der Männer. »Hätte er denn nicht vor der Ernte Feuer legen können? Die ganze Mühe wäre uns erspart geblieben!«

Das Feuer ließ nur einen kümmerlichen Aschehaufen zurück. Bis heute nennt man diese Stelle den verbrannten Dreschplatz.

Einige Zeit später suchte Abram das Zeltlager auf. Er teilte dem Scheich mit, daß das Stammesgebiet, die rote Erde, für militärische Zwecke gebraucht werde.

»Was hat das zu bedeuten?« fragte der Scheich.

»Ihr bekommt ein anderes Gebiet zugewiesen«, erwiderte der Offizier.

»Dies ist das Land unserer Vorfahren! Hier sind wir geboren!« wehrte sich der Scheich.

Abram zuckte die Schultern: »So sind die Bestimmungen!«

Alle Überredungskünste des Scheichs fruchteten nicht. Wir wurden gezwungen, unsere Zelte abzuschlagen und die rote Erde zu verlassen. Der Abschied war bitter.

Die Stammesbewohner mußten in eine karge, regenarme Gegend umsiedeln, und unsere rote Erde wurde einem Kibbuz zugeschlagen.

Nach der Umsiedlung erschien der Offizier mit weiteren Anordnungen: »Die Militärverwaltung hat neue Bestimmungen erlassen. Die neuen Stammesgebiete werden zu Reservaten erklärt. Die Straße, die zur Siebenbrunnen-Stadt führt, bildet die Grenze zwischen den beiden Stammesreservaten. Weder Mensch noch Tier dürfen die Grenzen ohne Erlaubnis überschreiten. Wer den Bestimmungen zuwiderhandelt, wird bestraft!«

Niedergeschlagenheit verbreitete sich in den Zelten.

Ein Greis in der Männerrunde erhob sich: »In meinem langen Leben habe ich viel gesehen und erlebt, doch solch ein Unheil hat noch keiner über uns gebracht. Die Grenzen schnüren uns den Hals zu!«

Der Alte hob seine knochige Hand und zählte an den Fingern ab: »Die eine Grenze schneidet uns von den Nachbarstämmen ab, die andere Grenze trennt uns von der roten Erde, und dann gibt es noch die Staatsgrenze! Grenzen! Nichts als Grenzen!«

»Was sind das nur für Zeiten, in denen die Söhne der Wüste angepflockt sind wie die Esel?« stöhnte der Scheich.

»Braucht das Brautkamel einen Passierschein, um die Braut aus dem benachbarten Zeltlager zu holen?« erkundigte sich ein junger Mann.

»Du hast doch gehört, daß weder Mensch noch Tier die Grenzen überschreiten dürfen!« erwiderte der Kadi.

»Und wie bringen wir das Opfer dar auf dem Grab des Stammesahns?«

»Der Derwisch, der mein Kind geheilt hat, wohnt jenseits der Grenze!« jammerte eine Frau.

»Und wie kommen wir zu dem Blutrichter, wenn es einen Streitfall gibt?«

Der Scheich zuckte mit den Schultern: »Ihr stellt Fragen, auf die ich keine Antwort weiß!« Zornentbrannt warf er die Feuerzange zu Boden. »Es ist schwer genug für uns Wüstensöhne, drei Grenzen auseinanderzuhalten. Doch wie sollen wir das den Tieren beibringen? Was versteht das Kamel schon von einer Grenze, ganz zu schweigen von dem Esel?«

Zahllose Augenpaare starrten ihn erschrocken an. Das laute Jammern mündete in Schweigen.

»Bruder, was schlägst du vor?« unterbrach ein Hirte die Stille.

Der Scheich goß sich ein Glas Tee ein und schlürfte es in einem Zug aus. »Wenn wir begriffen haben, wie die Grenzen verlaufen, müssen wir die Tiere damit vertraut machen. Wir werden für sie Schulen eröffnen!«

Die Zuhörer waren verdutzt.

»Wir sind immer ohne Schulen ausgekommen!« wendete ein Greis ein.

»An der Feuerstelle meines Zeltes habe ich meine Söhne mit den Sitten und Gebräuchen vertraut gemacht. Ich habe sie gelehrt, ein Reitkamel zu satteln und das Schwert zu führen. Sie sind alle tapfere Kamelhirten! Und nun soll mein Esel in die Schule?«

»Du bist schon alt, deine Tage sind gezählt!« erwiderte der Scheich. »Die Zeiten haben sich geändert!«

Ein Hirte schaltete sich ein: »Die Idee mit der

Schule ist gut. Die Tiere sind klüger, als wir denken.«

»Und wie soll diese Schule aussehen?« wollte der Greis wissen.

Der Kamelhirte überlegte eine Weile, strich über seinen Bart, dann sagte er: »Wir haben es mit drei Grenzen zu tun: Reservatsgrenze, Grenze der roten Erde und Staatsgrenze. Wir brauchen eine Schule mit drei Stufen: Grundstufe, Mittelstufe und Oberstufe.

Die Esel besuchen die Grundstufe, dort werden sie mit der Reservatsgrenze vertraut gemacht. Die Ziegen besuchen die Mittelstufe; sie lernen, wo die Grenze zur roten Erde verläuft. Diese Grenze ist gefährlicher als die erste. Und die Kamele besuchen die Oberstufe. Sie sollen lernen, die Staatsgrenze zu respektieren. Die Staatsgrenze ist die allergefährlichste.«

Die Idee des Kamelhirten erntete Zustimmung bei den einen, stieß auf Ablehnung bei den andern. Nach langwierigen Beratungen kam man überein, in der nahegelegenen Schlucht eine Schule für die Tiere zu eröffnen.

Am folgenden Tag ritt jeder auf seinem Esel zum Scheichzelt. Es war ein Brüllen und Treten, einige Tiere bockten. Eine läufige Eselin wurde von jungen Eseln bedrängt, so daß sie kaum noch Luft bekam.

»Ruhe! Ruhe! Könnt ihr euch nicht benehmen?«

brüllte der Scheich. Er musterte die Ankömmlinge mit scharfen Blicken.

»Sind alle Esel versammelt?«

»Hadsch Ibrahim ist mit seinem Esel noch unterwegs!« rief einer der Männer.

Während die Schüler sich vor dem Scheichzelt drängelten, war der Lehrer in der Schlucht mit den Vorbereitungen des Unterrichts beschäftigt. Mit schwarzer Asche markierte er eine Straße. Er benetzte die Asche mit Wasser, damit der Wind sie nicht abtragen konnte.

Ungeduldig blickte der Lehrer zum Ausgang der Schlucht. »Wo bleiben die Schüler?«

»Sie können nicht mehr weit sein!« entgegnete eine Frau.

»Ich höre einen Esel schreien!«

Der Lehrer setzte sich auf einen Steinbrocken und packte seinen Tabaksbeutel aus. Kaum hatte er sich die erste Zigarette gedreht, trottete der erste Esel ein. Eine lange Karawane folgte ihm. Der Lehrer stopfte die Zigarette in seinen Beutel und ließ diesen in seiner Gewandtasche verschwinden.

»Willkommen! Willkommen!« rief er den Ankommenden entgegen. »Die Schüler sollen sich in einer Reihe vor der Markierung aufstellen!«

Die Stammesbewohner zügelten ihre Tiere. Der eine strich seinem Eselfüllen über den Kopf, der andere tätschelte die Hinterbacken seines Tieres. Ein dritter flüsterte seinem Esel ins Ohr: »Du bist ein kluges Tier! Sei anständig!«

Mit freundlichem Nicken zogen sich die Zeltbewohner zurück.

Als alle Esel Aufstellung genommen hatten, sprach der Lehrer: »Ich begrüße euch in der Eselschule. Ihr sollt lernen, Grenzen zu respektieren. Hier in der Grundstufe geht es um die Reservatsgrenze!« Dutzende von Augenpaaren blickten ihn verständnislos an.

Mit einem Griff hob der Lehrer einen Sack hoch; ein Korb voll Gerste kam zum Vorschein. Neugierig linsten die Esel auf die Körner, die golden in der Sonne schimmerten. Ihre Nüstern blähten sich.

»Stellt euch vor«, sagte der Lehrer, »ihr befindet euch an der Reservatsgrenze. Es ist eine schwarze Straße, die ich hier mit Asche markiert habe. Jenseits der Grenze seht ihr einen Korb voll Gerste. Ich weiß, daß es verlockend für euch ist, doch ihr müßt dieser Verlockung widerstehen. Ihr dürft die Grenze nicht überschreiten! Habt ihr verstanden?«

Die Esel glotzten.

Der alte Esel von Hadsch Ibrahim stand als erster in der Reihe. Der Lehrer wies auf die Aschemarkierung: »Lauf diese Straße entlang!«

Der Esel lief ein paar Schritte. Als er die Höhe des Gerstenkorbes erreicht hatte, hielt er an, seine Nüstern blähten sich. Mit einem Sprung setzte er über, und die anderen Esel folgten ihm.

»Zurück! Zurück!« schrie der Lehrer und schlug mit seinem Stock wild um sich. Der Korb fiel um, und die Tiere machten sich über die Gerste her.

Welcher Esel sieht einen Korb voll Gerste vor seiner Nase und stürzt sich nicht darauf?

Am Abend berichtete der Lehrer im Scheichzelt von der Begebenheit.

»Es war der erste Schultag! Die Esel haben sich noch nicht an den Unterricht gewöhnt!« kommentierte der Stammesälteste. »Esel sind kluge Tiere, aber bisweilen etwas bockig«, tröstete er den Lehrer. »Du brauchst Geduld!«

»Ihr müßt den Eseln Schulproviant mitgeben«, schlug der Lehrer vor. »Ein hungriger Magen lernt nicht!«

Die Runde war einverstanden.

Auch der zweite Schultag war nicht von Erfolg gekrönt.

Diesmal hatte jeder Esel ein Säckchen voll Stroh als Proviant bei sich.

Als die Schüler wie am Vortag vor der Aschemarkierung Aufstellung genommen hatten, streckte der erste seinen Kopf in das Strohsäckchen.

»Der Unterricht hat noch nicht angefangen, und dieser Esel frißt schon seinen Proviant!« schimpfte der Lehrer. Mit seinem Stock hieb er auf das Tier ein. Mit lautem Brüllen rannte der junge Esel davon, während sich die anderen um den Korb voll Gerste balgten.

»Wie soll ich diesen Sturköpfen etwas beibringen?« seufzte der Lehrer.

Am Abend in der Männerrunde zeigte er seine schwieligen Hände vor. »Ich brauche Verstärkung!«

verlangte er. »Die Esel sind nicht zu bändigen! Einer ist heute durchgebrannt!«

»Du solltest deine Hände mit Henna einreiben!« empfahl ihm der Kadi. »Das kräftigt die Haut!«

Am dritten Schultag bekam der Lehrer von einem bockigen Esel einen kräftigen Fußtritt. Der Eselhuf hinterließ ein schwarzes Mal auf seinem Bauch.

Am Abend wurde der Lehrer im Scheichzelt vorstellig. Nachdrücklicher als am Tag zuvor forderte er einen Assistenten.

»Bruder, meinst du, wir können uns erlauben, alle Männer in der Schule einzusetzen? Es gibt anderes zu tun!« wiegelte der Scheich ab und fügte hinzu: »Vielleicht solltest du dir über deine Lehrmethoden Gedanken machen!«

Der Lehrer schmollte. Nach einer Weile berichtete er: »Ein einziger Esel hat sich heute nicht auf den Korb gestürzt, es war der Esel von Musa. Statt dessen streckte er alle viere von sich und schnarchte. Ist der Esel etwa krank?«

Musa schüttelte den Kopf. »Mein Esel ist kerngesund. Er hat am Morgen einen halben Sack voll Gerste verzehrt!«

Der Lehrer war außer sich. »Jetzt verstehe ich, dein Esel hat sich überfressen? Ein voller Bauch lernt nicht!«

»Ein voller Bauch lernt nicht, ein leerer Bauch lernt nicht. Was bist du nur für ein Lehrer?« empörte sich Musa.

Ein heftiger Streit entbrannte. Um nicht weiter

Öl in das Feuer zu gießen, machte der Scheich einen Vorschlag: »Eine Abordnung wird morgen die Schule besuchen, um die Sache aus der Nähe zu betrachten!«

Wortlos verließ der Lehrer das Männerzelt.

In der Nacht sagte ein älterer Esel zu seinem Sohn: »Ich begreife diese Welt nicht. Mein Hintern ist voll Beulen von den Stockschlägen des Lehrers. Ich hatte Hunger und habe ein Maul voll Gerste gefressen! Was habe ich in meinem Alter in dieser Schule verloren? Ich bleibe morgen hier!«

»Und wenn der Lehrer mich nach dir fragt?« wollte der Sohn wissen.

»Dann sagst du ihm, ich sei krank!«

Wie vereinbart, besuchten am nächsten Morgen die Stammesältesten die Eselschule, um die Beschwerden des Lehrers zu prüfen. Als sie sich der Schlucht näherten, hallten die Rufe des Lehrers wider: »Kopf weg! Kopf weg vom Korb!«

»Du schreist lauter als ein Esel!« rief der Stammeskadi dem Lehrer zu. »Du sollst doch ein Vorbild sein!«

»Bruder!« wandte sich Talib an den Lehrer. »Versetze dich in die Lage eines Esels. Du hast Hunger, und vor dir steht ein Korb voll Fladenbrot. Der Duft steigt dir in die Nase. Was wirst du tun?«

Der Lehrer zögerte eine Weile.

»Ich werde zugreifen und essen!« antwortete er.

»Und warum soll der Esel nicht das gleiche tun?«

»Weil er lernen muß, die Grenze zu respektieren, deswegen ist er hier! Statt unsinnige Fragen zu stellen, erkläre mir lieber, wo dein Esel geblieben ist. Sein Platz ist heute leer!«

Der Lehrer ließ Talib nicht aus den Augen.

»Mein Esel ist heute krank. Seine Hinterbacken sind blau von den Hieben!« Der Alte ereiferte sich: »Diese Schule ist schlimmer als jede Koranschule. Es wird viel geprügelt und wenig gelernt. Ich selbst war einen Tag in der Koranschule. Zur Begrüßung bekam ich eine Ohrfeige. Das war mein erster und mein letzter Schultag!«

Der Scheich unterbrach den Alten: »Der Lehrer hat eine schwere Aufgabe übernommen, wir sollten ihm beistehen!« Und an den Lehrer gewandt fuhr er fort: »Ein Assistent wird dir beim Unterrichten helfen!«

Einen Vollmond lang häuften sich die Klagen, dann konnte der Lehrer seinen ersten Erfolg vermelden. Mit strahlender Miene berichtete er von seinem Musterschüler: »Ein junger Esel hat die Grundstufe absolviert. Er hat die Prüfung bestanden! Der junge Esel lief dreimal an der Grenze auf und ab, ohne von der Gerste Notiz zu nehmen!«

»Wem gehört der Esel?« erkundigte sich der Scheich.

»Es ist der Esel von Audeh!« gab der Lehrer zur Antwort.

»Ausgerechnet der Esel von Audeh?« wunderte sich der Stammesdichter.

»Mein Esel ist klug!« lobte Audeh sein Tier. »Jetzt braucht er nicht mehr zur Schule zu gehen?«

»Nein!«

Audeh richtete seine Blicke auf den Scheich. »Mein Esel hat eine Auszeichnung verdient!«

Der Scheich überlegte kurz. »Dein Esel bekommt auf die rechte Hinterbacke eine Brandmarkierung. Dieses Mal bezeugt, daß er die Prüfung bestanden hat!«

Überall an den Feuerstellen unterhielt man sich in dieser Nacht über den klugen Esel.

Am folgenden Tag führte Audeh seinen Esel voll Stolz zum Scheichzelt. Bereits nach dem Morgenkaffee hatte der Scheich die Feuerzange in die Glut gelegt. Als sie glutrot war, bekam der Esel eine Brandmarkierung auf die Hinterbacke.

Audeh strich dem Musterschüler über die Mähne: »Du bist der klügste Esel des Zeltlagers. Dein Erfolg wird in die Geschichte des Stammes eingehen!«

Der junge Esel sprang übermütig über die Zeltseile. Er genoß aus vollen Zügen die anerkennenden Blicke der Zeltbewohner.

Mit stolz geschwellter Brust blickte der Lehrer auf seinen Schüler. Er tätschelte ihn und gab ihm eine Handvoll Gerste: »Meine Arbeit hat Früchte getragen!« Er wandte sich an seinen Kollegen von der Mittelstufe: »Willst du diesen fleißigen Schüler nicht in deine Klasse aufnehmen?«

»Das fehlt mir noch!« wehrte der Lehrer ab. »Ich habe genug mit den Ziegen zu tun!«

»Mein Esel kommt in die Mittelstufe!« frohlockte Audeh.

»Ich bin für die Ziegen zuständig. So war es ausgemacht!« beharrte der Lehrer der Mittelstufe.

»Wozu dieser Streit?« schaltete sich der Kadi ein. »Es stimmt, daß du für die Ziegen zuständig bist. Aber warum sollten wir nicht eine Ausnahme machen? Der Esel hat die Prüfung glänzend bestanden, warum sollten wir ihn am Lernen hindern?«

Der Lehrer war mißgestimmt, doch schließlich willigte er ein.

Der Erfolg des jungen Esels erweckte auch Neid. Eine alte Eselin schimpfte: »Diese Mißgeburt seiner Mutter macht uns das Leben schwer! Der Wolf möge ihn reißen!« Sie stampfte mit den Hufen.

Ein alter Esel pflichtete ihr bei: »Wir sind bekannt durch unsere Eigensinnigkeit. Dieser Grünschnabel beugt sich den Schlägen und ist auch noch stolz darauf! Ist das etwa eine Heldentat?«

Der Alte vertrieb mit seinem Schwanz die Fliegen.

Die Eselin nickte. »Wir sollten diesen Teufel aus unserer Gemeinschaft verbannen!«

»Aus unserer Klasse haben wir ihn jedenfalls los! Ich habe gehört, daß dieser Streber in die Mittelstufe aufrücken soll. Der Ziegenbock möge ihn auf seine Hörner aufspießen!«

Hussein, der Erzähler, schaute in die Runde. Zahlreiche Augenpaare blickten gebannt auf ihn.

Von der Grundstufe habe ich berichtet; nun erzähle ich euch von der Mittelstufe. Dort wurde den Ziegen beigebracht, die Grenze zum früheren Stammesgebiet nicht zu verletzen. Das war alles andere als einfach, denn die Ziegen schätzten die Kräuter der roten Erde, und die reiche Weide war noch lebendig in ihrer Erinnerung.

Da man für die Mittelstufe rote Erde brauchte, besattelten die Zeltbewohner die drei besten Rennkamele des Stammes. Bei Einbruch der Dunkelheit machten sich die Reiter auf den Weg zum früheren Stammesgebiet. Heimlich stahlen sie sich an den Wachposten vorbei. Auf Schleichwegen gelangten sie schließlich zum ehemaligen Zeltplatz.

Bereits vor Anbruch der Morgenröte waren sie zurück. Ihre Satteltaschen waren voll beladen mit roter Erde.

Der Scheich griff in eine der Satteltaschen, holte eine Handvoll Erde hervor und begann sie zu kneten: »Sie ist rot wie ein Vogelherz!«

Er zeigte zu Boden. »Schaut euch dagegen diese Erde an, sie rieselt einem durch die Finger. Es ist ein Unterschied wie zwischen Erde und Himmel!«

»Die Ziegen werden es nicht leichter haben als die Esel!« kommentierte ein Greis.

Für die Mittelstufe reihte man einige Teppiche aneinander und bedeckte sie mit roter Erde. Jeder Zeltbewohner führte am Morgen seine Ziegen zur Schule.

Jenseits der Grenzmarkierungen hatte der Lehrer saftige Kräuter und Ähren ausgestreut.

Er begrüßte die Ziegen: »Hier befinden wir uns in der Mittelstufe. Ich werde euch lehren, die Grenze der roten Erde zu achten!« Er deutete mit seinem Stock auf den roten Streifen: »Keiner darf diese Grenze überschreiten. Habt ihr verstanden?« Die Ziegen meckerten.

Der Ziegenbock, der als erster in der Reihe stand, rieb seine Nase an der roten Erde. Der Geruch erinnerte ihn an die saftigen Kräuter der Frühlingsweide. Als er hinter den roten Streifen die Ähren wahrnahm, überlegte er nicht lange. Mit einem Sprung war er auf der anderen Seite und stopfte sich das Maul voll. Mit lautem Geschrei hieb der Lehrer auf das Tier ein. Fluchend folgte er dem Bock, der mit weiten Sprüngen davonrannte. Als der Lehrer unverrichteterdinge die Verfolgung aufgab, kauten die ersten Ziegen an den Kräutern.

»Ihr seid dümmer als die Esel!« beschimpfte er die Schüler.

»Wie soll ich Unterricht halten, wenn ihr nur das Fressen im Kopf habt?«

»Ich muß anders vorgehen«, dachte er bei sich.

Am Abend suchte er Rat im Männerzelt.

Ein erfahrener Greis empfahl dem Lehrer die Methode der Hirten: »Wenn eine Ziege die saftigen Ähren der Felder frißt, warnt der Hirte sie dreimal. Folgt sie seinen Rufen nicht, stopft ihr der Hirte das Maul mit Ähren und Erde. Mit der Faust schlägt er auf die gefüllten Backen. Der Hirte wiederholt dieses Verfahren so oft, bis das Tier die Getreidefelder meidet.«

Aufmerksam hatte der Lehrer der Mittelstufe gelauscht.

Am zweiten Schultag beherzigte er den Rat des Hirten. Als eine junge Ziege über die Markierung sprang, packte er sie am Genick, zwang sie nieder und stopfte ihr das Maul mit roter Erde und Ähren. Die Ziege röchelte, als er auf die prallen Backen hieb.

Viele Schultage verstrichen, bis der Lehrer erste Erfolge vermelden konnte. »Die Methode zeigt Wirkung!« teilte er den Ziegenhirten mit.

»Nach dem fünften Versuch hält die Ziege von Fatima Abstand zur roten Erde!«

»Aber ich kann doch nicht jeder Ziege fünfmal das Maul stopfen!« Der Lehrer ächzte: »Hinzu kommt, daß die Ziegen sich schneller als die Esel und die Kamele vermehren. Heute hat mir Musa sein Zicklein gebracht. Er war ungehalten, als ich mich weigerte, das Tier aufzunehmen. Die Schule ist doch kein Kindergarten!«

Der Kadi gab dem Lehrer recht: »Erst im zweiten Frühling erreichen die Zicklein das Schulalter.«

Der Lehrer wandte sich an den Scheich: »Welche Auszeichnung soll die junge Ziege bekommen?«

»Sie bekommt auf dem linken Ohr einen Halbmond. Dieses Brandmal bescheinigt, daß sie die Mittelstufe absolviert hat!«

Der Lehrer räusperte sich. »Die eine oder andere junge Ziege wird die Prüfung bestehen, doch bei den älteren Tieren gibt es wenig Hoffnung. Wenn der alte Bock die Ähren nur von weitem erblickt, läuft ihm das Wasser im Maul zusammen. Er ist nicht zu bändigen.«

So vergingen Tage und Wochen. Eines Nachts beschwerte sich der Ziegenbock: »Die Ziegen machen sich lustig über mich, weil ich nicht so munter und kräftig bin wie früher. Was soll ich tun? Wenn ich von den grünen Ähren fresse, prügelt mich der Lehrer. Und wenn ich geprügelt werde, habe ich keine Lust, die Ziegen zu bespringen!«

»Das kannst du dir nicht erlauben!« warnte eine junge Ziege.

»Wenn du nicht für Nachwuchs sorgst, werden dich die Hirten für den nächsten Gast schlachten!«

Der Bock wurde hellhörig. »Vielleicht hast du recht!« Er seufzte: »Ich sehne mich nach den früheren Zeiten!« In dieser Nacht tat der Bock kein Auge zu.

Als der alte Bock am folgenden Morgen mißmutig zur Schule trottete, begegnete ihm der junge Esel. Der Bock rieb sich den Schlaf aus den Augen. »Wohin gehst du?«

»Ich bin auf dem Weg zur Ziegenschule!«

Der Bock, der den Esel nicht ausstehen konnte, zürnte: »Was hat ein Esel bei meiner Herde zu suchen?«

Der Esel reckte hochmütig den Kopf: »Wer klug ist, dem stehen alle Türen offen!«

Der Bock grinste: »Der Lehrer wird deine Klugheit auf die Probe stellen!«

Inzwischen hatten die Tiere die Schule erreicht. Zu Beginn des Unterrichts begrüßte der Lehrer den neuen Schüler: »Du hast in der Grundstufe die Reservatsgrenze kennengelernt, hier wirst du mit der Grenze der roten Erde vertraut gemacht.«

Der Esel erspähte die saftigen Kräuter. Unruhig trat er von einem Huf auf den anderen. Die Verlockung war so groß, daß er nicht widerstehen konnte. Noch bevor er an der Reihe war, setzte er zum Sprung über die Grenze an. Obgleich der Lehrer ihn mit kräftigen Hieben empfing, war er von den Ähren nicht zu vertreiben.

Der Bock, der das Schauspiel beobachtete, lachte voll Schadenfreude. »Hochmut kommt vor dem Fall!« Er atmete erleichtert auf. »Wenn der gebildete Esel die Prüfung nicht besteht, wie kann man es von einem Bock verlangen?«

Am Abend war der junge Esel kleinlaut. Mit hängendem Kopf verdrückte er sich im Zeltwinkel.

Die anderen Esel waren erleichtert über den Mißerfolg. Von Herzen gönnten sie dem strebsamen Esel die Stockschläge. Der junge Esel blickte neidvoll auf den Hahn, der nach Weizenkörnern scharrte. »Du hast es gut, du mußt nicht zur Schule gehen!«

Einen Vollmond später bestand der junge Esel die Prüfung. Er trabte munter an der Grenzmarkierung entlang, ohne den Verlockungen auch nur die geringste Beachtung zu schenken. Der Lehrer war außer sich vor Freude. Er kraulte das Tier hinter den Ohren: »Du bist klüger als deine Kommilitonen!«

»Nehmt euch ein Beispiel an diesem Schüler!« wandte er sich an die Ziegen. Der Esel drehte eine Ehrenrunde, sein wippender Schwanz streifte den alten Bock.

Der Bock, der schlecht gelaunt war, warnte den Esel: »Wenn du noch einmal in meine Nähe kommst, werde ich mit meinen Hörnern deinen Bauch aufschlitzen!«

Am Abend wurde Audeh von allen Seiten beglückwünscht.

»Dein Esel bekommt als Auszeichnung ein Brandmal auf das linke Ohr!« versprach der Scheich.

»Mein Esel ist jetzt reif für die Oberstufe!« Audeh blickte in die Runde.

Raschid legte heftigen Widerspruch ein. »Der Esel soll in die Kamelschule?«

»Du solltest dich lieber um deinen Bock kümmern«, gab Audeh zurück, »anstatt meinem Esel Steine in den Weg zu legen. In diesen Zeiten kann es nicht schaden, wenn die Tiere alle Arten von Grenzen kennen!«

Ein Greis erhob sich: »Der Esel soll in den Rang der Kamele erhoben werden?«

»Mein Esel hat es verdient!« unterbrach ihn Audeh.

»Die Kamele stehen über den Eseln!« meldete sich

der Stammesdichter zu Wort. »Das Heilige Buch preist die Kamele und verflucht das Schreien des Esels!«

Audeh beschwichtigte den Greis: »Setz dich, Bruder! Mein Esel will nur am Unterricht teilnehmen, er wird deine Kamelstute nicht besteigen!«

Es war ein langes Ringen, bis man Audeh erlaubte, seinen Esel in die Kamelschule zu bringen.

Bevor ich euch vom ersten Schultag des Esels in der Kamelschule berichte, erzähle ich euch von der Oberstufe.

In der Oberstufe sollten die Kamele lernen, die Staatsgrenze zu achten. Diese Grenze ist die gefährlichste, dementsprechend anspruchsvoll war auch die Prüfung, die aus zwei Stufen bestand. Der Lehrer schleppte Steinbrocken herbei, reihte sie aneinander und bemalte sie mit weißer Farbe.

Jenseits der weißen Steine legte er Häufchen von Artischocken auf den Boden. Die Kamele fressen Artischocken für ihr Leben gern; es ist ihre Leibspeise.

Bei der ersten Stufe wurden den Kamelen Maulkörbe verpaßt. Wie bei Grund- und Mittelstufe waren die Tiere an der Grenzmarkierung aufgereiht. Sprang ein Kamel über die weißen Steine, um Artischocken zu erhaschen, wurde es nicht geschlagen. Statt dessen wandte man eine andere Methode an:

Der Besitzer ritt auf dem Kamel so lange zwischen den weißen Steinen und dem Berghügel hin und her, bis das Tier erschöpft war. Die Kamele wehrten sich. Sie schlugen mit den Hinterhufen aus oder warfen ihre Reiter ab. Die Durchfallquote war hoch. Wenn ein Kamel schließlich die Maulkorbstufe bestanden hatte, wurde es zur zweiten Stufe zugelassen. Hier war die Durchfallquote noch höher, denn die Kamele mußten ohne Maulkörbe den Verlockungen durch Artischocken widerstehen.

Der Lehrer beklagte sich bei seinem Kollegen von der Mittelstufe: »Die Kamele haben einfach eine Schwäche für Artischocken! Als ich heute ein brünstiges Kamel von den Artischocken vertrieb, hätte es mich fast gebissen!«

Drei Vollmonde dauerte es, bis das erste Kamel die beiden Prüfungen bestand. Als Auszeichnung erhielt es eine Brandmarkierung auf die rechte Backe.

Ich habe euch erzählt, daß der Stamm nach langen Beratungen den jungen Esel zur Oberstufe zuließ.

Nach dem Morgenkaffee begleitete Audeh seinen Esel zur Kamelschule. Die Schüler der Grund- und Mittelstufe tuschelten, als der Musterschüler an ihnen vorbeizog.

Der alte Bock atmete erleichtert auf. »Jetzt sind wir den eingebildeten Esel los. In der Oberstufe kann er sich mit den brünstigen Kamelen herumschlagen!«

»Er wird beim Wettrennen mit den Kamelen auf der Strecke bleiben!« brummte eine Eselin.

Audeh stellte seinen Esel dem Lehrer vor: »Mein

Esel hat alle Prüfungen bestanden, die Lehrer sind voll des Lobes. Wenn du ihm den Rücken stärkst, wird er auch die Oberstufe schaffen!«

»Die Kamele sind für ihre Klugheit bekannt, dennoch fallen viele durch!« dämpfte der Lehrer die Erwartungen. »Die Anforderungen sind hoch. Hat dein Esel die Geduld eines Kamels? Kamele haben Ausdauer und ein gutes Gedächtnis!«

Inzwischen hatten sich viele Schaulustige eingefunden, um dem ersten Schultag des Esels beizuwohnen.

Angesichts des Publikums war der Lehrer aufgeregter als gewöhnlich.

Er zählte seine Schüler; einer fehlte. »Wo ist dein Kamel?« fragte er Ghadban.

»Mein Kamel hat Durchfall!« gab der Hirte zur Antwort.

Die Schüler waren in zwei Gruppen aufgeteilt: Zuerst waren die Kamele mit den Maulkörben an der Reihe.

Das erste Tier trabte die Grenzmarkierung entlang, ohne seinen langen Hals nach den Artischokken zu recken. Die Zuschauer klatschten Beifall. Das Tier hatte die Prüfung auf Anhieb bestanden.

Der stolze Besitzer nahm den Maulkorb ab und schob dem Kamel ein Artischockenherz ins Maul.

Dann war der nächste Schüler an der Reihe. Es war eine Kamelstute, die aufgeregt hin und her blickte. Vor der Grenzmarkierung zögerte sie. Dann spitzte sie ihre Ohren und warf einen Blick nach dem Lehrer. Unter lautem Brüllen sprang das Tier über die weißen Steine. »Durchgefallen! Durchgefallen!« höhnte einer der Schaulustigen.

Kein weiterer Schüler der Maulkorbstufe schaffte an diesem Morgen die Prüfung. Der Lehrer zwirbelte nervös an seinem Schnurrbart. »Die Maulkorbprüfung ist schwierig für die Kamele.«

Danach folgten die Prüflinge ohne Maulkörbe. Zwei Jungtiere bestanden die Prüfung, der Rest fiel durch.

Nach den Kamelen war der Esel an der Reihe. Der Lehrer griff nach einem Maulkorb. »Willst du meinem Esel einen Maulkorb umbinden?« wollte Audeh wissen.

»Wenn dein Esel die Oberstufe besuchen will, muß er wie die Kamele einen Maulkorb tragen. Alle Schüler sind gleich!«

»Ein Esel ist doch kein Kamel«, wehrte sich Audeh.

»Er will sich doch mit den Kamelen messen? Die Oberstufe ist heikel, wir haben es hier mit Staaten und ihren Grenzen zu tun! Hast du verstanden?«

Audeh zögerte. Der Lehrer fuchtelte mit dem Stock. »Entweder du willigst ein, oder du nimmst deinen Esel wieder mit!« Erst nach langem Hin und Her lenkte Audeh ein.

Der Kamellehrer legte dem Esel einen Maulkorb um und zurrte ihn fest. Der junge Esel warf seinen Kopf zurück; vergeblich suchte er sich von dem Maulkorb zu befreien.

»Mit der Zeit wird sich der Esel daran gewöhnen. Aller Anfang ist schwer!« sagte der Lehrer zu Audeh gewandt.

Der Esel trabte zu der Markierung und rieb seinen Kopf an den weißen Steinen.

»Der Esel verletzt die Grenze!« stellte ein Kamelhirte fest.

»Das ist keine Grenzverletzung. Das Fell juckt ihn!«

»Siehst du nicht, wie der Stein wackelt?« widersprach der Hirte.

Der Lehrer war aufgebracht: »Wer unterrichtet hier?« fuhr er den Kamelhirten an. »Du oder ich? Der Esel muß sich erst eingewöhnen, heute ist sein erster Schultag!«

Während dieses Wortwechsels schritt der Esel die Grenzmarkierung ab, schaute beifallheischend um sich, dann rannte er in großen Sprüngen davon.

»Mein Esel hat die Maulkorbstufe bestanden!« brüstete sich Audeh. Er legte seine Hand auf die Schulter des Kamelhirten: »Was mein Esel heute erreicht hat, wird dein Kamel nicht einmal in drei Vollmonden schaffen!«

Der Erfolg des jungen Esels verunsicherte die Tiere. Ein altes Kamel, das des öfteren unter den unterschiedlichsten Vorwänden die Schule schwänzte, musterte den Esel mit schiefen Blicken. »Bei Gelegenheit werde ich dir ein Ohr abbeißen!« drohte es.

An diesem Tag belohnte Audeh seinen klugen Esel mit einem Sack voll Stroh.

Der Kamellehrer mahnte: »Wir müssen abwarten! Erst wenn der Sohn geboren ist, geben wir ihm einen Namen!«

Audeh gab sich siegessicher: »Die glückliche Nacht kündigt sich am Nachmittag an!«

Der zweite Schultag des Esels wurde mit noch größerer Spannung erwartet.

An diesem Morgen erschien das alte Kamel von Ghadban früher als alle anderen in der Schule.

Der Lehrer lächelte: »Hast du dich von dem Durchfall erholt?«

Das alte Kamel blieb schweigsam.

»Du kommst heute als erstes an die Reihe!« Der Lehrer band den Maulkorb besonders fest. »Zeig uns, was du kannst!«

Das alte Kamel schlenderte gemächlich an der Grenzmarkierung entlang, bis es den letzten Stein erreicht hatte. Blitzschnell bog es um den letzten Grenzstein und rannte auf die Artischocken zu.

»Wie soll ein Schulschwänzer wie du jemals die Prüfung bestehen?« spottete der Lehrer.

Die Augen des alten Kamels weiteten sich. Mit einem heftigen Stoß warf es den Lehrer zu Boden. Als das Tier im Begriff war, sich auf den Liegenden zu setzen, sprangen die Hirten zu Hilfe.

Der Lehrer bebte vor Schreck.

»Du hast Glück!« bemerkte einer der Männer. »Das Kamel hätte dich fast erdrückt!«

Der Unterricht wurde für geraume Zeit unterbrochen.

Als sich der Lehrer von dem Zwischenfall erholt hatte, kam der Esel an die Reihe. Diesmal trug er keinen Maulkorb.

Er beschnupperte die weißen Steine. Als der Esel den Duft der Artischocken witterte, lief ihm das Wasser im Maul zusammen. »Artischocken bekommen nur die Kamele, uns Eseln wird dieser Leckerbissen vorenthalten!« dachte er bei sich. »Kürzlich bleckte das alte Kamel seine Zähne, als ich nur von weitem auf seine Artischocken schielte. Sollte ich diese Gelegenheit ungenutzt verstreichen lassen?«

Der Esel schloß vor Wonne seine Augen. Mit wenigen Sprüngen war er bei den Artischocken.

»Der Esel ist durchgefallen! Durchgefallen!« Die Zuschauer johlten.

»Ein schlechter Tag!« brummte der Lehrer.

»Der Esel soll sich bei den Kamelen einreihen! Alle, die durchgefallen sind, müssen zwischen den weißen Steinen und dem Berghügel hin und her rennen!«

Ein Kamelhirte protestierte: »Der Esel soll mit den edlen Kamelen rennen? Hast du den Verstand verloren?«

»Es war eure Entscheidung, den Esel zur Oberstufe zuzulassen. Kümmert euch lieber um eure Kamele als um den Esel!«

»Aufstellen! Aufstellen!« Der Lehrer hieb mit seinem Stock auf die Grenzsteine.

Audeh bestieg seinen Esel und reihte sich in die Schar der Kamelreiter ein. Auf ein Handzeichen des Lehrers schossen die Reiter los. Die Ohren angelegt, rannte der Esel, so schnell ihn seine Hufe trugen. Er war einer der ersten, die den Berghügel erreichten; doch auf dem Rückweg verließen ihn allmählich die Kräfte. Das alte Kamel und der Esel blieben weit hinter den anderen Tieren zurück.

Die beiden liefen Kopf an Kopf. Einen Stockwurf vor den weißen Steinen stolperte das alte Kamel und landete auf seinem Bauch. Der Reiter fiel kopfüber zu Boden. Bevor das Kamel auf den Beinen war, erreichte der Esel die Grenzmarkierung.

»Der Esel hat Ghadbans Kamel abgehängt!«

Ghadban schüttelte sich den Sand aus dem Umhang und humpelte zu dem Lehrer. »Mein Kamel ist krank! Der Durchfall hat das Tier geschwächt!«

Audeh schwenkte seinen Turban. »Ich würde meinen Esel nicht gegen ein Kamel eintauschen!«

Ghadbans Augen funkelten. »Willst du mich beleidigen?«

»Man kann die Sonne nicht mit einem Fladenbrot verdecken!« versetzte Audeh.

Der Lehrer trat hinzu. Ghadbans Blicke durchbohrten ihn: »Heute ist der letzte Schultag meines Kamels. Seit es die Schule besucht, ist es schlecht gelaunt! Dir fehlt die Geduld! Du solltest besser Esel unterrichten!«

Der Lehrer packte den Hirten am Hals. »Ein Kamel kann nicht mehr Verstand haben als sein Besitzer!«

Als Ghadban seine Hand zum Schlag erhob, warf sich der Scheich dazwischen. Er trennte die Streithähne. »Laßt es gut sein für heute. Morgen ist Freitag, die Tiere haben schulfrei!«

Es dauerte geraume Zeit, bis sich die Wogen geglättet hatten.

Das Rennen beschäftigte die Zeltbewohner. Man lobte den jungen Esel. »Der Esel war so schnell wie eine Gazelle! Ich war sicher, daß er das alte Kamel abhängen würde!« bemerkte einer, der das Rennen beobachtet hatte.

»Woher hast du diesen Esel?«

Audeh lächelte. »Seine Mutter habe ich vor vielen Jahren auf dem Markt von Gaza einem Sleb abgekauft. Sie kostete mich viele Münzen. Für die Zucht von Eseln sind die Sleb berühmt. Sie kreuzen ihre Esel mit Wildeseln, daher sind die Tiere besonders geschmeidig und flink wie Gazellen.«

Audeh fuhr fort: »Die Sleb sind hervorragende Jäger. Besonders gern jagen sie Gazellen. Aus Gazellenhaut machen sie ihre kleinen Zelte!«

Ein junger Mann fragte Ghadban nach dem alten Kamel.

»Mein Kamel ist edel!« antwortete Ghadban. »Ich kann seine Abstammung bis zur fünften Generation zurückverfolgen. Als mein Vetter von einem Angehörigen des Huweitat-Stammes getötet wurde und meine Sippe auf Blutrache verzichtete, bekamen wir als Wergeld Kamele. Das alte Kamel war damals in seinem vierten Jahr. Da es edel und reinblütig war, wog es fünf gewöhnliche Kamele auf!«

»Du hast recht!« bestärkte ihn der Kadi. »Das edle Tier hat es nicht verdient, in seinen letzten Tagen im Staub eines Esels zu liegen!«

Ghadban nickte: »Mein altes Kamel soll seinen Lebensabend in Ruhe verbringen! Ich werde es vor mein Zelt anpflocken!« Ghadban ließ sich nicht mehr umstimmen, und so blieb das alte Kamel der Schule fern.

Nach dem freien Tag erschienen alle Kamele wieder zum Unterricht, nur das alte Kamel von Ghadban fehlte. Auch Audeh war mit seinem Esel pünktlich zur Stelle.

Zu Beginn des Unterrichts flüsterte er dem Esel ins Ohr: »Wenn du die Prüfung schaffst, bekommst du einen Umhang voll Artischockenherzen; das ist mehr, als du fressen kannst!«

Der Esel scharrte mit seinen Hufen im Sand und wedelte freudig mit dem Schwanz. Als er an der Reihe war, schritt er artig die Grenzmarkierung ab. Einmal schielte er nach den Artischocken, doch dann wendete er die Augen ab.

Mehrmals trabte er hin und her.

Audeh war außer sich vor Freude. Er schwenkte sein Kopftuch. »Bestanden! Bestanden! Mein Esel ist klug, sein Ruf wird die fernsten Länder erreichen!«

Der Esel trabte auf und ab.

»Genug! Genug!« rief der Lehrer. »Du hast die Auszeichnung verdient!«

»Mein Esel bekommt die Brandmarkierung der Oberstufe!«

Audeh strahlte über beide Backen.

»Du bist doch nicht bei Verstand!« widersetzte sich ein Kamelhirte.

»Zwei Auszeichnungen sind mehr als genug für einen Esel!«

»Sei still!« schimpfte Audeh, »Auszeichnungen zu verteilen ist Sache des Lehrers!«

Der Lehrer zierte sich. »In dieser heiklen Angelegenheit sollen die Stammesältesten entscheiden!«

Am Abend, als Audeh seinen Wunsch vortrug, konnten sich die Stammesältesten nicht einigen. Sie verwiesen den Fall an den Kamelrichter.

Dieser hörte sich die widerstreitenden Auffassungen aufmerksam an. Dann ergriff er das Wort: »Ich bin seit langem Kamelrichter und habe zahlreiche Streitfragen gelöst. Ein solcher Fall ist mir noch nie zu Ohren gekommen!« Er räusperte sich.

»Kamele sind edle Tiere; ihr Wert bemißt sich an der Zahlung des Wergeldes. Drei Dinge machen die Wüste bewohnbar: der Beduine, das Kamel und die Palme!« Der Kamelrichter senkte seine Stimme: »Jeder Stamm brennt seinen Kamelen ein eigenes Zeichen auf. Triffst du einen fremden Reiter, so erkennst du an der Brandmarkierung des Tieres, welcher Sippe er zugehört!«

Der Kamelrichter wandte sich Audeh zu: »Soll

man dich am Brandmal eines Esels erkennen? Willst du zum Gespött der Männer werden?«

Die Worte des Richters überzeugten Audeh. Er lenkte ein: »Was schlägst du vor?«

Der Kamelrichter besann sich: »Der Esel soll auf der anderen Hinterbacke ein Brandmal erhalten!«

»Dein Urteil ist klug!« bescheinigten ihm die Männer.

Und so bekam das Tier seine dritte Brandmarkierung. Doch die Ehrungen sollten dem Esel kein Glück bringen.

Sieben Nächte nach der letzten Brandmarkierung fiel der junge Esel einer Meute hungriger Wölfe zum Opfer. Am Morgen fand man nur noch die Knochen. Der Fluch der Eselin hatte sich bewahrheitet.

Der Erzähler verstummte.

Der Kadi trat vor das Zelt. Versunken betrachtete er den nachtblauen Himmel. »Beim Erzählen vergeht die Zeit wie im Flug. Zwei Drittel der Nacht sind verstrichen!«

Hussein lächelte: »Meine Geschichte ist so lang wie die Winternacht! Es gibt noch viel zu erzählen!« Er erhob sich. »Mein Tabakvorrat ist zu Ende, ich will mir Nachschub holen!«

Der Stammesälteste breitete seinen Umhang über einen kleinen Jungen, der tief eingeschlafen war.

»Sein Vater wird ihm morgen den Ausgang der Geschichte erzählen«, murmelte er.

»Kannst du noch Kameläpfel nachlegen?« bat er den Scheich. »Mich fröstelt!«

Als der Erzähler wiederkehrte, loderte das Feuer und verströmte wohlige Wärme. Husseins Blicke wanderten durch das Zelt.

»Wir können mit der Geschichte fortfahren. Ich erzähle euch jetzt von dem Kamel mit dem Nasenring!«

Das Kamel mit dem Nasenring

In derselben Nacht, in der der junge Esel von den Wölfen gerissen wurde, warf die Kamelstute von Abdallah ein Füllen. Der Hirte, der seine Stute über alles liebte, hatte sich große Sorgen um sein Tier gemacht. Zwölf Monate waren verstrichen, ohne daß sich die Niederkunft angekündigt hätte.

Als er eines Tages mit sorgenvoller Miene seine Kamelstute befühlte, trat ein älterer Hirte hinzu: »Bruder, die Winternächte sind kalt. Vielleicht wartet die Stute ab, bis es wärmer wird. Manche Füllen werden erst nach dreizehn Monden geboren.«

»Ich habe ein merkwürdiges Gefühl. Ich fürchte um die Stute!« erwiderte Abdallah.

»Deine Stute ist gesund!« beruhigte ihn der Hirte. »Die Herde wird sich schnell vermehren, bald kannst du die Brautgabe für deine Verlobte bezahlen!«

Chadra, die Verlobte Abdallahs, war das schönste Mädchen im Stamm. Ihr Vater forderte eine hohe Brautgabe.

Erst nach vierzehn Monaten warf die Stute. Es war Vollmond, als sie sich im Zeltwinkel niederlegte. Abdallah, der ihr Stöhnen hörte, fachte Feuer an. Er rieb ihr den Bauch, bis das Füllen zu sehen war. Sachte zog er das Füllen aus dem Bauch der Mutter. Im Feuerschein betrachtete er das Neugeborene.

»Was hat Allah gegeben?« erkundigte sich Abdallahs Mutter.

»Ein männliches Tier«, gab Abdallah zur Antwort.

»Dann hast du ein Rennkamel!« tröstete ihn die Mutter.

»Es hat ein Fell so weiß wie Milch!«

Die Mutter kam näher, sie musterte das Neugeborene. »Weiße Kamele sind selten und kostbar. Du wirst ein gutes Rennkamel bekommen!« Sie füllte einen Korb mit Stroh für die Stute.

Die Nachricht von der Geburt des weißen Füllens verbreitete sich in Windeseile. Die Kamelhirten beglückwünschten den stolzen Besitzer.

Die Euter der Stute waren prall. Für lange Zeit gab es reichlich Milch für das Füllen und die Zeltbewohner.

Das Füllen gedieh prächtig, in wenigen Monaten wuchs es zu einem kräftigen jungen Kamel heran. Es war wohlgestaltet, und sein weißes, glänzendes Fell zog die Blicke aller auf sich.

Abdallah verwöhnte es, wo er nur konnte. Die Blumen der Frühlingsweide flocht er zu langen Ketten, die er dem Füllen als Halsschmuck umlegte, und wo immer er Artischocken fand, pflückte er einen Umhang voll für sein Lieblingskamel.

Eines Tages saßen die Hirten auf der Weide beisammen.

»Genau vor einem Jahr wurde der junge Esel gerissen!« erinnerte sich ein Hirte. »Wir müssen wachsam sein!« Er schaute das weiße Kamelfüllen an. »Du bist auch ein Jahr alt. Es ist Zeit, daß du entwöhnt wirst!«

Abdallah nickte. »Du hast recht, doch was soll ich tun? Das Füllen hängt am Euter seiner Mutter. Mehrmals habe ich das Tier verscheucht, doch es findet immer einen Weg, an die Zitzen zu kommen!«

Einer der Hirten griff in seine Gewandtasche und holte einen großen Ring hervor. »Dies ist ein Nasenring! Damit habe ich schon manches junge Kamel entwöhnt!«

Abdallah merkte auf.

»Zieh den Ring durch die Nase des Füllens«, fuhr der Hirte fort. »Sucht das Tier die Zitzen, so stechen die Dornen des Rings das Euter, und die Stute rennt davon. Mit der Zeit gibt das Füllen seine Versuche auf!«

Abdallah nahm den Ring entgegen. Mit Hilfe der Hirten zog er seinem Füllen den Ring durch die Nase. Nach einem halben Mond war das Tier entwöhnt. Zur Belohnung bekam das junge Kamel einen Umhang voll Artischocken. Es schmatzte, als es die Artischockenherzen zwischen den Zähnen zermahlte.

Als der Hirte eines Tages seinen Ring zurückforderte, bat Abdallah: »Willst du mir den Ring nicht überlassen? Er steht meinem Kamel gut!«

Als der Hirte zögerte, schlug ihm Abdallah einen Handel vor: »Wenn ich den Nasenring behalten darf, bekommst du die Wolle der ersten Schur. Du kannst dir Satteltaschen weben lassen!«

Obgleich der Hirte sich nur schwer von seinem Ring, der ein Erbstück war, trennen konnte, willigte er ein. Die weiße Wolle lockte ihn. »Meinetwegen«, brummte er.

Und so trug das junge Kamel auch nach der Entwöhnung den Ring. Mit der Zeit bekam das Tier den Beinamen ›das Kamel mit dem Nasenring‹.

So beliebt das Kamel mit dem Nasenring bei den Zeltbewohnern war, so unbeliebt war es in der Herde. Die großen Kamele stießen das Tier beiseite, traten es mit den Hufen oder schnappten nach ihm. Nur bei seiner Mutter fand es Schutz. Mit Unbehagen beobachtete Abdallah das seltsame Verhalten der Tiere.

»Warum mögen die Kamele mein junges Kamel nicht?« fragte er sich wieder und wieder. Er suchte Rat bei den erfahrenen Hirten.

»Vielleicht liegt es am Ring?« mutmaßte einer. »Ich habe beobachtet, wie die Kamele das Jungtier von der Weide vertrieben!«

Ein anderer schüttelte den Kopf. »Es muß an der Farbe seines Felles liegen. Die Kamele lernen in der Schule, die weiße Grenzmarkierung zu meiden. Allmählich entwickeln sie eine Abneigung gegen alles, was weiß ist!«

Der Kamelrichter wiegte seinen Kopf. »Vielleicht hast du recht. Wir können nur hoffen, daß sich die Tiere nicht eines Tages gegen unsere weißen Gewänder wenden!«

»Hätte man Staatsgrenzen nicht wenigstens schwarz markieren können?« fluchte der Dichter. »Ausgerechnet weiß, die Farbe der Milch! Viel Milch zu haben bedeutet Reichtum!«

»Grenzen sind ein Unglück für Mensch und Tier!« schimpfte ein Hirte.

Im dritten Frühling wurde das Kamel mit dem Nasenring eingeschult. Die Mitschüler drangsalierten den Neuling. Ein altes Kamel biß ihm bereits am ersten Schultag in die Hinterbacke.

Der Lehrer hingegen hätschelte das Tier. Nach jedem mißglückten Versuch strich er ihm über den Höcker und redete ihm gut zu. Bei seinen abendlichen Berichten im Zelt fand der Lehrer immer eine Entschuldigung für das junge Kamel.

So vergingen die Schultage.

Mit der Zeit bestanden die Jungtiere die Maulkorbstufe, nur das Kamel mit dem Nasenring konnte sich an die Grenzmarkierung nicht gewöhnen. Hartnäckig widersetzte es sich allen Ermahnungen.

»Das weiße Kamel hat es nicht leicht, es wird von den anderen gehänselt«, sprach der Lehrer bei sich.

»Vielleicht sollte ich bei der Prüfung ein Auge zudrücken?« Und so nahm der Lehrer Abdallah beiseite. »Morgen ist Freitag, die Kamele haben schulfrei. Schick mir dein Kamel zur Nachhilfe!«

Abdallah war einverstanden. Am nächsten Tag führte er sein Kamel zur Schule. »Deine Mühe möge Früchte tragen!« wünschte er.

»Allah erhört die Freitagsrufe!« bemerkte der Lehrer.

Am Abend verkündete er, das Kamel mit dem Nasenring habe die Prüfung bestanden. Abdallah war erleichtert: »Das Kamel hat die Prüfung für sich und auch für mich abgelegt!« scherzte er.

Und so bekam das Kamel mit dem Nasenring die ersehnte Brandmarkierung.

Mit den Jahren machten die Grenzen den Zeltbewohnern zunehmend das Leben schwer. Wasser und Weide waren knapp, und als eine Periode der Dürre einsetzte, wurde die Lage unerträglich. Die Ehrfurcht vor den Grenzen schlug in Gleichgültigkeit um.

Der Esel von Hadsch Ibrahim machte den Anfang. Er war der älteste Esel des Stammes, sein knurrender Magen machte ihm zu schaffen. Eines Tages, als er wie immer auf der Suche nach Futter war, stieß er auf die Straße, die die Reservate voneinander trennte. Den ganzen Morgen hatte er vergeblich nach frischem Grün Ausschau gehalten; er war nur auf ein paar wenige trockene Halme gestoßen, die er mißmutig kaute. Die Sonne brannte auf sein Fell. Als er um sich schaute, erblickte er jenseits der Grenze Hirten beim Wasserschöpfen.

»Meine Tage sind gezählt!« dachte er bei sich. »Mein Magen knurrt, und mein Hals ist trocken. Grenze hin oder her, ich muß meinen Durst stillen!«

Der alte Esel zögerte einen Augenblick, die harten Schläge des Lehrers waren noch lebendig in seiner Erinnerung. Doch dann gab es kein Halten mehr. So schnell ihn die Hufe trugen, rannte er auf den Brunnen zu.

Die Hirten am Brunnen blickten gebannt auf das Tier.

»Zurück! Zurück!« rief einer der Männer. Ein anderer packte ihn am Arm. »Man darf kein durstiges Tier zurückweisen!«

Während der Esel Wasser soff, erschien Hadsch Ibrahim an der Grenze. Er war der Fährte seines Esels gefolgt. Der Alte fuchtelte mit den Armen: »Dieser alte Esel ist unbelehrbar! Wer weiß, vielleicht hat ihn ein Soldat gesehen?«

Er stopfte die Zipfel seines Gewandes in den Gürtel, drehte sich nach allen Seiten, dann schlich er, tief gebückt, über die Grenze.

»Du hast noch weniger Verstand als dein Esel!« empfingen ihn die Männer am Brunnen.

»Ich komme nicht, um bei euch den Morgenkaffee zu trinken!« versetzte Hadsch Ibrahim, »ich will nur meinen Esel zurückholen!«

Der Alte bestieg sein Tier. Mit Stockschlägen trieb er den Esel zur Eile an.

Einen Steinwurf von der Grenze entfernt überraschte ihn ein Fahrzeug. Sein Herz stockte, als Soldaten auf ihn zukamen.

»Zeig deinen Ausweis!«

Hadsch Ibrahim kramte in der Tasche seines Gewandes. Ein zerknülltes Stück Papier kam zum Vorschein.

»Das ist unleserlich!« herrschte ihn der Soldat an.

»Vor dem Opferfest hat meine Frau das Gewand gewaschen, der Ausweis steckte in der Tasche!«

»Wo ist dein Passierschein?«

Der Alte schaute zerknirscht zu Boden. »Ich wollte nur meinen Esel zurückholen! Er hatte Durst und lief zum Brunnen!«

Der Soldat versetzte dem Alten einen Tritt. »Für den zerknitterten Ausweis!« Ein zweiter Tritt folgte. »Für die Grenzverletzung!« Ein dritter Schlag traf den Alten an der Schulter. »Damit du den Vorfall nicht vergißt!« kommentierte der Soldat.

»Jetzt bist du an der Reihe!« murmelte der Esel. »In der Schule hab' ich alleine die Prügel abbekommen!«

Erst nachdem Hadsch Ibrahim eine gehörige Geldstrafe bezahlt hatte, entließen ihn die Soldaten.

Verbittert traf Hadsch Ibrahim mit seinem Esel im Zeltlager ein.

Als er sein Tier vor dem Zelt anpflockte, empfing ihn seine Frau: »Wo hast du gesteckt?«

»Ich habe meinen Esel gesucht!«

»Und warum läßt du den Kopf hängen?« wollte die Frau wissen.

Hadsch Ibrahim berichtete von dem mißlichen Vorfall.

Die Frau faßte ihren Mann am Arm. »Alles kann sich ändern, nur Allah bleibt!«

In Kürze erreichte die Geschichte alle Zelte. Der Vorfall war nur die erste Perle einer langen Kette. Die Esel, die die Schule satt hatten, nahmen die Geschichte mit Genugtuung auf. Mutig folgten sie dem Beispiel des alten Esels. Immer öfter fanden sich an der Reservatsgrenze Spuren.

Als die Dürre kein Ende nehmen wollte, machten sich die Hirten Sorgen um ihre Herden.

»Meine Ziegen sind nur noch Haut und Knochen! Es gibt kaum noch Milch für die Zicklein und die Zelte!« klagte ein Hirte.

»Gestern habe ich die dritte Ziege notgeschlachtet!« fiel ein anderer ein. »Meine Herde wird immer kleiner!«

»Ein Hirte kann nicht schlafen, wenn seine Herde hungert!« gesellte sich ein dritter hinzu. Er wandte sich an Razik: »Was schlägst du vor?«

»Die Not hat ihre eigenen Gesetze! Wir müssen die Ziegen zur roten Erde führen!«

Die Hirten schauten auf. »Wie hast du dir das vorgestellt?«

Razik legte seine Hand auf die Wange. »Es wird

nicht leicht sein, aber wir müssen einen Versuch wagen! Beim nächsten Neumond führen wir die Herden zu unseren alten Weideplätzen. Wenn wir zügig vorankommen, werden wir vor Einbruch des Tages dort sein. Tagsüber verstecken wir die Ziegen in den Höhlen, und nachts lassen wir sie weiden!«

Die Hirten stimmten dem Vorschlag zu.

Gesagt, getan! Man traf alle Vorbereitungen für den Aufbruch. Die Frauen buken Fladenbrot und versorgten die Hirten mit einem Vorrat an getrocknetem Käse, Mehl, Tee und Zucker.

Als die Neumondnacht anbrach, machten sich die Hirten mit ihren Herden auf den Weg. Die Zicklein hatten sie vorsorglich in den Satteltaschen der Esel verstaut. Ein erfahrener Hirte führte die Karawane an. Bald verloren sich ihre Umrisse in der Dunkelheit.

Die nächtliche Wanderschaft war mühsam. Sie mußten weite Umwege in Kauf nehmen, um den Wachposten auszuweichen.

Voll Bangen hörten sie in der Ferne das Heulen der Wölfe. Ihre Furcht war um so größer, als sie aus Angst, das Bellen könnte sie verraten, die Wachhunde in den Zelten zurückgelassen hatten. Auch verzichteten die Hirten in dieser Nacht auf das Rauchen; der starke Duft des Hischi-Tabaks hätte sie verraten können.

Kurz vor Einbruch des Tageslichts erreichten die Herden das Ziel. Einige Ziegen waren unterwegs vor Erschöpfung zusammengebrochen.

»Wir haben wenig Zeit! Wir müssen die Tiere in die Höhlen treiben!« mahnte Razik die Hirten zur Eile. Als alle Tiere untergebracht waren, legten sich die Hirten an den Höhleneingängen nieder.

»Meine Füße brennen wie Feuer!« stöhnte einer.

»Die Müdigkeit überfällt mich!«

»Du kannst schlafen, ich übernehme die Wache!« sagte ein anderer.

Kurze Zeit später fielen die ersten Sonnenstrahlen in den Höhleneingang. Fauwaz, der als zweiter Wache hielt, tastete mit seinen Blicken das Innere der Höhle ab. In einer Ecke erspähte er ein Häufchen Asche, das von einer Feuerstelle herrührte. Hier hatte er sich früher mit seiner Geliebten getroffen.

»Diese Steine dienten uns als Kopfkissen!« murmelte er bei sich. »Und über dieser Feuerstelle habe ich für dich Fleischstücke geröstet!«

Eine Wolke von Traurigkeit strich über sein Gesicht. Kaussar, seine Geliebte, hatte der Krieg nach Jordanien vertrieben.

Das Flattern eines Vogels weckte ihn aus seinen Gedanken. »O Vogel! Kannst du Kaussar meine Grüße überbringen? Vielleicht führt dich der Weg zu ihrem Weideplatz? Ich habe die alten Zeiten nicht vergessen!« So verbrachte der Hirte die Wache mit Erinnerungen, bis ihn der nächste ablöste.

Als der Tag zu Ende ging und die Abendsonne ihre letzten Strahlen über die rote Erde warf, trat Razik vor die Höhle und hielt Ausschau. »Die rote Erde ist gut bestellt, die Ähren stehen hoch, und die

Weide ist reich!« stellte er fest. »Es muß viel geregnet haben!«

»Unsere Ziegen werden gedeihen! Bald werden ihre eingefallenen Bäuche kugelrund!« freute sich Fauwaz. Die Sonne war untergegangen, als die ersten Ziegen ihre Köpfe aus der Höhle streckten. Die Hirten trieben die Tiere auf die Weide. Doch wider Erwarten stürzten sich die Ziegen nicht auf das Grün, sondern schreckten vor der roten Erde zurück. Der Schulunterricht war ihnen noch lebhaft in Erinnerung. Die Männer suchten die Tiere in die Felder zu locken, doch ihre Mühe war vergeblich. Die Ziegen waren verstockt.

Die Hirten wurden ungeduldig. »Jetzt haben wir die lange Wanderschaft umsonst gemacht! Verflucht sei diese Schule!« erregte sich Fauwaz.

»Ihr dummen Ziegen! Habt ihr das Weiden verlernt?« Razik fuchtelte wild mit seinem Stock.

»Die Tiere haben es nicht einfach. Was man ihnen mühsam beigebracht hat, sollen sie jetzt plötzlich vergessen!« bemerkte einer der Hirten.

»An alles haben wir gedacht, nur nicht daran, daß die Kamele im Sommer ausrutschen!«

»Verkehrte Welt!« murmelte einer. »Die Ziegen sind hungrig und verweigern das Fressen!«

Die Hirten überlegten eine Weile, dann kam Razik auf eine Idee: »Der alte Bock war ein schlechter Schüler, er hatte immer eine Schwäche für das Fressen. Wenn wir ihn gewinnen, werden die anderen folgen!«

»Und wie willst du ihn locken?« fragte Fauwaz.

»Haltet den Bock fest!« befahl Razik. Er griff nach einem Büschel Ähren und hielt es dem Bock vor die Nase.

»Wirst du wohl fressen?« drohte Razik. Der Bock verstand die Welt nicht mehr. Er dachte an die Prügel des Lehrers zurück, und obwohl sein Magen knurrte, sperrte er sein Maul nicht auf. »Mit Mühe und Not habe ich die Prüfung bestanden! Soll ich jetzt von vorn anfangen?« dachte er bei sich.

Razik war ungeduldig: »Friß!«

Der Ziegenbock ließ sich nicht verführen. Der Hirte schlug dem Bock auf die Backen.

»In der Schule prügelte mich der Lehrer, wenn ich Ähren fraß; jetzt prügelt mich der Hirte, weil ich nicht fresse. Ganz gleich, was ich tue, ich werde geprügelt!«

Razik stopfte dem Bock Ähren in das Maul. Als dieser das saftige Grün schmeckte, ließ sein Widerstand allmählich nach. Er schloß die Augen und begann zu kauen. Die Hirten holten schnell ein weiteres Bündel Ähren.

Die Ziegen folgten aufmerksam dem Schauspiel.

»Die Hirten sind verrückt geworden!« meinte eine alte Ziege. Doch mit der Zeit folgten die Ziegen dem Beispiel des Bockes. Viele Jahre hatten sie nicht mehr von den Ähren und Gräsern der roten Erde gekostet. Es schmeckte köstlich, und sie weideten die ganze Nacht hindurch. Erst gegen Morgen führten die Hirten ihre Herden zu den Höhlen zurück.

Sieben Nächte hintereinander weideten die Ziegen. Die Tage verschliefen sie mit prallen Bäuchen im Schatten der Höhlen.

Am siebten Tag, als die Mittagssonne über der roten Erde stand, näherte sich eine Patrouille dem Weideplatz. Es waren Männer aus dem Kibbuz, die seit unserer Vertreibung die rote Erde bebauten. In regelmäßigen Abständen fuhren sie die Gegend ab.

Als das Fahrzeug an die Stelle kam, wo die Ziegen geweidet hatten, bemerkte einer der Männer Spuren: »Schaut euch das an! Hier haben Tiere geweidet! Bei der letzten Kontrolle waren noch keine Spuren zu sehen!«

Der Fahrer hielt an, und die Männer stiegen aus. Einer nahm ein paar Ziegenperlen in die Hand und zerdrückte sie zwischen den Fingern. »Das ist ganz frischer Ziegenmist!« stellte er fest.

Ein anderer erspähte weitere Häufchen von Ziegenperlen.

»Das hier ist getrockneter Mist. Die Tiere müssen seit Tagen hier sein!«

»Ich habe jeden Tag mit dem Fernglas die ganze Gegend beobachtet, ich habe weder Menschen noch Tiere bemerkt!« sagte der Wachmann.

»Hier sind angefressene Ähren!« teilte ein anderer mit, »wo mögen die Tiere bloß stecken?«

Der Fahrer blickte in die Ferne: »Ein arabisches Sprichwort besagt: ›Der Kamelapfel führt dich zu dem Kamel!‹ Wir gehen den Ziegenperlen nach.«

Und so folgten die Männer den Spuren. Jeder hielt sein Gewehr im Anschlag. Als sie den Höhlen nahe kamen, verloren sich die Spuren.

Der Fahrer gab ein Handzeichen. »Sie müssen in den Höhlen sein! Vorsicht! Vielleicht sind die Hirten bewaffnet!«

Hinter Steinbrocken verschanzt gingen sie in Stellung. Der Wachmann feuerte aus seinem Gewehr drei Schüsse ab, die im Innern der Höhlen widerhallten.

Die Hirten schreckten auf. Sie rieben sich den Schlaf aus den Augen. »Habt ihr gehört! Schüsse!«

»Entweder sind wir von Dieben oder von Soldaten umzingelt!« mutmaßte Fauwaz.

»Am hellen Tag sind keine Diebe unterwegs!« meinte Razik.

Kurze Zeit später hörten die Hirten eine Stimme rufen: »Kommt heraus! Ihr seid umstellt! Jeder Widerstand ist sinnlos!«

»Wir sind entdeckt!« Razik lugte aus der Höhle, die Sonne blendete ihn.

»Hände hoch!« meldete sich die Stimme zum zweiten Mal.

Der Hirte trat hinaus. Mehrere Gewehrläufe richteten sich auf ihn.

»Alle Hirten sollen aus dem Versteck herauskommen!«

Einer nach dem anderen kroch aus der Höhle. Mit hocherhobenen Händen stellten sie sich in eine Reihe.

Nachdem man sie nach Waffen durchsucht hatte, wurden ihnen die Hände auf den Rücken gebunden. Die Dolche nahm man ihnen ab.

Der Fahrer musterte die Hirten von unten nach oben. »Woher kommt ihr?«

»Wir gehören dem Stamm der Tyaha an!« erwiderte Razik.

»Und was habt ihr hier zu suchen?«

»Die rote Erde ist unser Stammesgebiet. Im Reservat herrscht die Dürre, deswegen haben wir die Ziegen zum alten Weideplatz geführt!« erwiderte Fauwaz.

»Das ganze Gebiet gehört dem Kibbuz! Seit wann seid ihr hier?«

»Seit sieben Nächten!« entgegnete einer der Hirten.

»Wozu die Fragen? Sie haben kein Recht, hier zu sein!« Der Wachmann band den Hirten mit den Kopfbedeckungen die Augen zu.

Die Männer orderten ein Fahrzeug und hießen die Hirten einsteigen.

Auf der Fahrt unterhielten sie sich in einer Sprache, die die Hirten nicht verstanden.

Als nach langem Schaukeln der Wagen anhielt und den Hirten die Tücher abgebunden wurden, erspähte Razik ein Minarett.

»Wir sind in der Siebenbrunnen-Stadt«, flüsterte er.

Die Hirten wurden einem Offizier vorgeführt.

»Ihr habt die Vorschriften mißachtet!«

Die Hirten schwiegen.

»Muß ich die Worte aus euch herausprügeln?«

»Wir haben der Not gehorcht!« verteidigte sich Fauwaz.

»Habt ihr Passierscheine?«

»Der Scheich hat seit langem Passierscheine beantragt, doch der Antrag wurde abgelehnt!«

»Das wird seine Gründe haben!« bemerkte der Offizier. Er winkte die Wachen herbei und ließ die Hirten abführen. Nach harten Prügeln wurden sie eingesperrt.

Erst nach sieben Tagen ließ der Militärgouverneur die Inhaftierten frei, nachdem der Scheich eine Bürgschaft unterzeichnet und der Stamm eine hohe Strafe bezahlt hatte. Der Kibbuz beschlagnahmte zehn Ziegen als Entschädigung, die anderen Tiere bekamen wir zurück.

Inzwischen begannen auch die Hirten aus anderen Sippen die Grenzen zu überschreiten, um Weideplätze für ihre Tiere zu suchen. Das Militär verstärkte seine Kontrollen, doch konnten diese Maßnahmen die verzweifelten Hirten nicht abschrecken. Immer mehr Zeltbewohner wurden verhaftet, geprügelt und zu einer Strafe verurteilt.

»Jetzt werden die Hirten geprügelt! Irgendwann kommt jeder an die Reihe!« murmelte der alte Bock nicht ohne Genugtuung.

Die Soldaten ließen sich immer neue Methoden einfallen, um die Hirten einzuschüchtern. Oftmals zwangen sie die Hirten so lange hin und her zu rennen, bis diese vor Erschöpfung umfielen. Wenn sie wieder zu sich kamen, wurde ihnen befohlen, sich auszuziehen. Einmal malträtierte eine junge Soldatin ihre Glieder mit einem Stock.

Auch die Kamelhirten machten sich Sorgen um ihre Tiere. Auch wenn Kamele genügsamer sind als andere Tiere, so hinterließ die Dürre doch ihre Spuren. Die Kamele magerten zusehends ab.

Abdallah, der Hirte, streifte unermüdlich durch die Gegend auf der Suche nach Futter für sein Kamel. Eines Tages trieb ihn die Suche in die Nähe der Staatsgrenze. Als er von weitem die Grenzsteine erblickte, sprach er bei sich: »Niemand traut sich in die Nähe der Grenze. Bestimmt gibt es dort Artischocken in Hülle und Fülle!«

Er zügelte das Kamel. »Siehst du die weißen Steine?« Das Kamel mit dem Nasenring nickte. »Halte dich von den weißen Steinen fern, wie du es in der Schule gelernt hast! So ersparen wir uns beide Ärger!«

Abdallah breitete seinen Umhang aus, um sich auszuruhen. Und da die Suche nach Futter mühselig gewesen war, fiel er bald in tiefen Schlummer.

Das Kamel zupfte hier und da an den trockenen Büschen und kaute lustlos an den Halmen. Es ließ seine Blicke in die Ferne schweifen, dann beschloß es, die Gegend zu erkunden. Es trabte hierhin und dorthin, nichts regte sich.

»Was mag sich wohl hinter den weißen Steinen verbergen?« fragte sich das Kamel. Neugierig reckte es seinen Hals und sperrte die Augen weit auf. Seine Blicke wanderten über die Hügelkette. Hinter den weißen Grenzsteinen erspähte es einen grünen Fleck. Das Tier blieb stehen, sein Hals wurde immer länger.

»Ich sehe Grün!« sprach das Kamel mit dem Nasenring bei sich. »Ob es wohl Artischocken sind?« Das Wasser lief ihm im Maul zusammen.

Währenddessen schlummerte der Hirte tief und fest. Im Traum erschien ihm seine Verlobte Chadra mit ihrem rotbestickten Kleid und ihren goldenen Armreifen. Sie ließ sich neben ihm auf der Frühlingsweide nieder, und ihre Hände strichen über sein schwarzes, buschiges Haar.

Das Kamel starrte auf den grünen Fleck, der immer größer zu werden schien. Seine Nüstern blähten sich, es glaubte, den Duft von Artischocken zu riechen. Das Tier zitterte vor Erregung. Noch klangen die Worte des Lehrers in seinen Ohren nach: ›Sei vorsichtig! Die weißen Steine sind gefährlich!‹

Doch das Grün zog das Tier magnetisch an. Es drehte sich nach dem Hirten um, doch dieser schlummerte friedlich.

Während Abdallah im Traum die Hand seiner Verlobten auf seiner Brust spürte, schritt das Kamel auf die Grenzsteine zu.

»Ich sehe überall nur Artischocken! Ob mich wohl meine Augen trügen?« Ein paar Schritte vor der Grenze hielt das Kamel kurz inne und warf nochmals einen Blick zurück. Der Hirte rührte sich nicht.

Die weißen Steine schimmerten im Sonnenlicht. Das Kamel trat näher und scheuerte seinen Hals an den Steinbrocken. Die Grenzsteine schienen fest im Boden verankert zu sein. Das Kamel schaute prüfend in alle Richtungen, weit und breit war niemand zu sehen.

»Ich sehe keine Soldaten! Vielleicht hat uns der Lehrer Märchen erzählt?« Es warf einen letzten Blick auf den schlafenden Hirten, dann entschied es sich für die Artischocken.

»Die weißen Steine schrecken mich nicht!« sprach das Kamel bei sich. »Seit wann braucht man für ein Maul voll Artischocken eine Genehmigung?«

Mit einem kräftigen Sprung setzte das Tier über die Grenzsteine. Vor Anspannung ließ es eine Handvoll Kameläpfel fallen.

Ohne zu zögern, steuerte das Tier die grünen Büschel an. Die Artischockenherzen zergingen ihm auf der Zunge, lange hatte es einen solchen Leckerbissen nicht mehr gekostet.

Von ihrem Bunker aus beobachteten die jordanischen Soldaten den Vorfall.

»Jetzt haben wir das Kamel!« sagte einer der Soldaten zu dem Offizier.

»Wart ab!« entgegnete dieser. »Bald haben wir auch den Hirten!«

Als der Hirte seine Hand in Chadras Kleidausschnitt gleiten ließ, um die kleinen Äpfel zu streicheln, weckte ihn eine Fliege, die sich auf seiner Nase niederließ. Er schreckte aus seinem Traum hoch; weder die Äpfelchen noch das Kamel waren da.

»Wo ist das verfluchte Tier? Hat es der Bauch der Erde verschlungen?«

Hastig warf sich der Hirte den Umhang um die Schultern und begab sich auf die Suche. Die Fährte führte ihn zu den Grenzsteinen. Als er sich ihnen auf einen Steinwurf genähert hatte, entdeckte er jenseits der Grenze sein weißes Kamel, das in aller Ruhe weidete.

»Das Tier ist sich der Gefahr nicht bewußt!«

Mit gedämpfter Stimme begann er zu rufen: »Zurück! Komm zurück!«

Doch die Rufe des Hirten verhallten ungehört. Das Kamel war so sehr mit den Artischocken beschäftigt, daß es alles um sich herum vergaß. Abdallah erforschte die Umgebung, weit und breit war niemand zu sehen. Die Sonne stand wie ein roter Ball am fernen Horizont. Der Hirte tastete sich vorsichtig an die weißen Steine heran und spähte hinüber.

Indessen klopfte der Offizier dem Soldaten auf die Schulter: »Habe ich es dir nicht gesagt? Wo ein Kamel ist, ist auch der Hirte nicht weit! Siehst du den Kopf hinter den Steinen?«

Unschlüssig blieb Abdallah stehen, zahllose Gedanken schossen ihm durch den Kopf.

»Wenn ich ohne mein Kamel zurückkehre, werde ich zum Gespött der Männer. Und Chadra wird mich fragen: ›Was für ein Mann bist du? Du schläfst, während die Diebe dein Kamel stehlen!‹ Die Hirten werden mir Feigheit vorwerfen!«

Doch die Gefahr schreckte ihn. Er erinnerte sich an Berichte von Zwischenfällen an der Grenze. Doch dann gewann die Sorge um seine Ehre die Oberhand. Er stellte sich die enttäuschten Blicke der Männer vor. Er wollte nicht mit gesenktem Haupt ins Zeltlager zurückkehren!

Unterdessen versank die Abendsonne, Schatten breitete sich über die Hügel. Der Hirte wollte sein Kamel wiederhaben. Sorgsam befestigte er die Zipfel seines Gewandes im Gürtel. »Ich bin pfeilschnell!« sprach er sich Mut zu. »Es wird nur wenige Augenblicke dauern. Wenn ich das Kamel am Schwanz packe, kann uns das schnellste Pferd nicht einholen!«

Der Hirte zögerte noch einmal. In Gedanken hörte er Chadra rufen: »Abdallah, begib dich nicht in Gefahr! Hast du mich vergessen?«

Doch dann sammelte er all seine Kräfte. Wie ein Löwe sprang er über die Grenzmarkierung, und in wenigen Augenblicken war er bei seinem Tier. Er wollte gerade nach dem Schwanz des Kamels greifen, als er eine Stimme hörte: »Bleib stehen! Keine Bewegung!«

Als der Hirte sich umwandte, blickte er in einen Gewehrlauf. »O mein Kamel, wir sind nicht schneller als Gewehrkugeln!« murmelte er.

Drei Grenzsoldaten schritten auf Abdallah zu. »Hände hoch!« Sie durchsuchten ihn nach Waffen, doch in seiner Tasche fand sich nur ein Haarbüschel.

»Was soll das bedeuten? Willst du eine Zeltbahn weben?« fragte der Offizier.

»Es ist das Haar meiner Verlobten!«

»Das kannst du behalten!« Auf einen Wink des Offiziers verbanden die Soldaten dem Kamelhirten die Augen und fesselten seine Hände. Samt dem Kamel führte man ihn in das Grenzrevier. Dornen und Steine peinigten seine nackten Füße.

Es dauerte geraume Zeit, bis sie das Revier erreicht hatten. Die Soldaten pflockten das Kamel an, dann schlossen sie den Hirten in eine Zelle ein. Erst spät am Abend sperrte ein Soldat die Tür auf und nahm Abdallah die Binde von den Augen.

»Folge mir!«

Sie gelangten in ein geräumiges Zimmer. Auf einem Stuhl hinter dem Schreibtisch thronte ein Offizier. Seine Brust war mit vielen Orden behangen. Der Offizier wies dem Kamelhirten einen Stuhl zu.

»Wie heißt du?« begann er die Befragung.

»Ich heiße Abdallah!«

»Zu welchem Stamm gehörst du?«

»Zu den Tyaha!«

»Dein Beruf?«

»Kamelhirte!«

»Wie alt bist du?«

Der Kamelhirte zögerte mit der Antwort.

»Ich habe dich gefragt, wie alt du bist! Bist du schwerhörig?«

»Ich weiß es nicht!« antwortete Abdallah.

Der Offizier wurde ärgerlich. »Ich habe keine Zeit, jede Frage zehnmal zu wiederholen! Wie alt ist dein Kamel?«

»Das Tier ist im sechsten Frühling!«

Der Offizier schüttelte den Kopf. »Was seid ihr für Menschen? Du weißt, wie alt dein Kamel ist, aber wie alt du selbst bist, weißt du nicht!«

»Wir Beduinen zählen die Jahre nicht!«

»Wie alt bist du ungefähr?«

Der Hirte begann an seinen Fingern abzuzählen: »Einen Frühling vor der Geburt des Kamels hat mein Vater für uns das Beschneidungsfest ausgerichtet.«

»Wie alt warst du bei der Beschneidung?« unterbrach ihn der Offizier.

»Wir waren fünf Söhne bei der Beschneidung. Ich bin der Zweitälteste!«

Der Offizier überlegte kurz. »Also dreizehn warst du ungefähr!« Er begann zu rechnen: »Dreizehn plus eins plus sechs macht zwanzig. Zwanzig Jahre alt bist du!«

Der Offizier zündete sich eine Zigarette an, dann fuhr er mit dem Protokoll fort. »Die Frage des Alters haben wir geklärt. Warum hast du die Grenze des Haschemitischen Königreichs von Jordanien verletzt?«

»Verletzt?« wiederholte der Hirte.

»Ja, du hast die Grenze verletzt. Weißt du nicht, daß das verboten ist und streng bestraft wird?«

»Ich wollte nur mein Tier zurückholen, es hat sich verlaufen!«

»Verlaufen!« höhnte der Offizier. »Ihr habt beide die Grenze übertreten!«

Der Offizier wies mit seinem Finger auf das Blatt, das vor ihm lag: »Unterschreib das Protokoll!« Er reichte dem Hirten einen Stift. Abdallah zuckte mit den Schultern. »Ich kann nicht schreiben!«

»Gibt es bei euch keine Schulen?«

»Wir haben Schulen für die Kamele!«

Der Offizier gab Abdallah eine schallende Ohrfeige. »Willst du dich über mich lustig machen?«

»Ich kann nicht schreiben!« wiederholte der Kamelhirte.

Wutentbrannt holte der Offizier aus der Schublade ein Tintenfaß. Er packte den Daumen des Hirten, tunkte ihn ein, dann drückte er den blauen Daumen auf das Blatt.

»Wenn dein Kamel die Schule besucht, soll es dir das Schreiben beibringen!« schimpfte der Offizier. Er machte ein Zeichen mit der Augenbraue. »Bringt ihn zurück in die Zelle!« befahl er den Soldaten.

Die Soldaten sperrten den Hirten wieder in die Zelle ein. Seine Augen waren nun frei. Durch ein Loch, das so groß wie ein Ei war, strahlte das helle

Mondlicht. Abdallah spähte hinaus; mal legte er das linke, mal das rechte Auge an. Das fahle Licht beruhigte ihn.

Nachdem seine Augen gesättigt waren, sprach er zum Mond: »O Mond! Kannst du Chadra meine Grüße bestellen? Sag ihr, sie soll zu dir schauen, damit sich unsere Blicke bei dir treffen!« Der Hirte seufzte tief. »O Mond! Sag den Zeltbewohnern, daß du mir Gesellschaft leistest!«

Während der Hirte durch das Loch Zwiesprache mit dem Mond hielt, waren die Stammesbewohner in heller Aufregung. Nachdem Abdallah bis Sonnenuntergang immer noch nicht zurück war, schwärmten die Männer in alle Himmelsrichtungen aus, um ihn zu suchen. Auf ihren Kamelen durchkämmten sie die Gegend.

»Es ist sinnlos, in der Nacht zu suchen! Wir können die Spuren nicht erkennen!« klagte der Spurensucher.

»Ein Mann und ein Kamel können doch nicht einfach verschwinden!« sagte der Scheich.

»Könnte es nicht sein, daß er zu dem Hochzeitsfest ins benachbarte Zeltlager geritten ist?«

»Ich war dort! Da ist er nicht zu finden!« entgegnete Abdallahs Bruder.

»Vielleicht haben ihn Diebe überfallen und das Kamel gestohlen?« mutmaßte einer.

»Es ist besser, wenn wir bei Sonnenaufgang die Suche fortsetzen!« schlug der Kadi vor.

In dieser Nacht warf sich Chadra auf ihrem Lager hin und her. Sorgen lasteten auf ihrem Herzen. Ihre Augen waren trocken, sie hatte keine Tränen mehr.

»Vielleicht hat ihn eine Schlange gebissen, während er schlief? Oder er fiel in der Dunkelheit in den Brunnen?«

Bei Sonnenaufgang setzte man die Suche fort. Der Spurensucher besattelte seine Kamelstute, und drei Reiter folgten ihm. Die Fährte führte nach Norden. Immer weiter entfernten sich die Spurensucher vom Zeltlager.

»Hier ließ Abdallah das Kamel niederknien!«

Der Spurensucher betrachtete die Abdrücke im Sand. »Und dort hat er gerastet. Seht ihr die Dattelkerne? Hier geht die Spur weiter!« Der Spurensucher war beunruhigt. »Die Spur führt uns in Richtung der Staatsgrenze zu Jordanien! Was das zu bedeuten hat?«

Als die weißen Grenzsteine in Sichtweite waren, zügelte der Spurensucher seine Stute. »Hat Abdallah der Teufel geritten?« Er legte die Hand an die Stirn und suchte mit seinen Blicken den Horizont ab.

»Eine israelische Patrouille! Sie haben das Fahrzeug mit Ästen zugedeckt!« Der Spurensucher seufzte. »Wir müssen umkehren, bevor uns die Soldaten entdecken!« Mit Peitschenhieben trieben die Reiter ihre Tiere zur Eile an. Ohne Rast einzulegen, ritten sie zum Zeltlager zurück.

»Was habt ihr zu berichten?« empfing sie der Scheich vor dem Gastzelt.

»Die Spur führt zur Grenze; dort hat eine Patrouille unserer Suche ein Ende gesetzt!« Der Spurensucher kratzte sich am Kinn. »Abdallah muß etwas zugestoßen sein! Entweder wurde er von Kugeln niedergestreckt, oder er sitzt im Kerker!«

Der Kadi war ratlos. »Wo sollen wir ihn suchen, bei den Israelis oder bei den Jordaniern?«

»Wir müssen abwarten!« riet der Scheich. »Möglicherweise bringen die nächsten Tage Licht in die Angelegenheit!«

»Wo ist das Radio?« wollte der Kadi wissen. »Über Grenzzwischenfälle berichten sie im Radio!«

So versammelten sich die Zeltbewohner Abend für Abend im Scheichzelt, um den Nachrichten zu lauschen.

Am dritten Abend, als alle Männer um den Kasten geschart waren, meldete sich eine Stimme: »Hier ist Radio Amman. Ein Kamelhirte hat die Grenze des Haschemitischen Königreichs von Jordanien verletzt. Bei der Festnahme durch die Nationalgarde leistete der Mann Widerstand. Vermutlich handelt es sich um einen Drogenhändler.«

Der Scheich sprang auf. »Abdallah! Es muß Abdallah sein!«

»Bruder, das Radio sagt, daß es sich um einen Drogenhändler handeln soll!« widersprach ihm der Stammesälteste.

»Das Radio lügt! Es erzählt den ganzen Winter von Regen, und die Hitze verbrennt das Gesicht der Erde!«

Der Scheich wandte sich dem Alten zu: »Wenn sie jemand festnehmen, brauchen sie immer einen Vorwand!«

»Es muß Abdallah sein!« stimmte der Spurensucher dem Scheich zu.

»Die Spur führte zur Grenze!«

Währenddessen wurde Abdallah in ein großes Gefängnis verlegt. Dort sperrte man ihn in eine Einzelzelle ein. Das Kamel wurde im Gefängnishof angepflockt.

Die Zelle war dunkel und feucht. Eine zerfetzte Matratze lag auf dem Boden, Gestank erfüllte den Raum. Die Decke war so niedrig, daß der Hirte nicht aufrecht stehen konnte. So kauerte er sich in eine Ecke und wartete. Durch ein Loch, so klein wie ein Kamelauge, drang nur fahles Licht.

Es war dunkel, als ein Gefängniswärter die Tür der Zelle öffnete. »Hier ist das Essen!«

Der Hirte nahm die Suppenschüssel und ein Stück Brot in Empfang. Hungrig verschlang Abdallah das magere Mahl.

Kurz darauf sammelte der Gefängniswärter die Schüssel wieder ein.

Obgleich Abdallah erschöpft war, konnte er keinen Schlaf finden. Die Feuchtigkeit kroch in seine Knochen. Es war ihm unmöglich, einen klaren Gedanken zu fassen. Verstört starrte er in die Dunkelheit.

Plötzlich hörte er, wie sich der Schlüssel im

Schloß drehte. Eine Gestalt schob sich durch die Zellentür.

»Hab keine Angst!« flüsterte die Gestalt.

Abdallah setzte sich auf. »Wer bist du?«

»Ich bin der Gefängniswärter!« Der Eindringling zündete eine Kerze an. »Hab Vertrauen zu mir, ich bin Beduine wie du!«

Der Kamelhirte erkannte im Schein des Feuers das Gesicht des Mannes. »Deine Sprache verrät, daß du Beduine bist!« stellte Abdallah erleichtert fest.

Der Gefängniswärter fuhr fort. »Ich habe dein Kamel gesehen, es ist ein edles Tier. Du gehörst zum Stamm der Tyaha, nicht wahr?« Abdallah nickte.

»Ich gehöre zum Stamm der Terabin!«

Abdallah legte seine Hand in die des Wärters: »Vor dem Krieg waren wir Nachbarn!«

»Ja, vor dem Krieg!« Versonnen betrachtete der Wärter das Flackern der Kerze. »Wir mußten flüchten!«

»Seit wann arbeitest du im Gefängnis? Bestimmt warst du Kamelhirte wie ich?«

»Du hast recht!« bestätigte der Wärter. »Wir waren stolze Kamelhirten, doch hier sind wir Flüchtlinge! Durch Beziehungen habe ich diese Arbeit bekommen. Seit einem Monat bin ich hier!«

Abdallah drückte die Hand des Wärters. »Welch ein Unglück, das aus Kamelhirten Gefängniswärter macht!«

Der Wärter legte seinen Finger auf den Mund. »Ich gebe dir einen guten Rat: Sei sparsam mit den

Worten!« flüsterte er. Er reichte Abdallah eine Zigarette.

»Ich rauche nicht, danke!«

Der Kamelhirte war neugierig: »Wie geht es euch hier in Jordanien?«

»Viele von uns leben in Flüchtlingslagern; was man so Leben nennt! Die Menschen sind zusammengepfercht wie Tiere. In den Lagern gibt es Städter, Fellachen und Beduinen!«

»Die Städter von Jaffa und Lod leben in Zelten?« staunte Abdallah.

»Alle sind jetzt Zeltbewohner!«

»Können die Städterinnen Zelte weben?«

Der Gefängniswärter unterdrückte ein Lachen: »Ich könnte dir viele Geschichten erzählen! In den Flüchtlingslagern sind die Zelte nicht aus Ziegenhaar, es sind geschenkte Zelte, die von weit her kommen. Sie haben die Farbe der Oliven!«

Das Gespräch verstummte für Augenblicke, dann wandte sich der Wärter an Abdallah: »Wie ist die Lage bei euch?«

»Kaum besser! Man hat uns aus unserem Stammesgebiet, der roten Erde, vertrieben. Wir leben auf kargem Boden in Reservaten!«

Abdallah stöhnte: »Unsere rote Erde bebauen andere! Mit der Wanderschaft ist es zu Ende!«

Der Wärter schüttelte den Kopf: »Uns hat alle das Unglück getroffen!« Er fuhr fort: »Ich muß gehen, sonst bekomme ich Schwierigkeiten! Sobald ich kann, komme ich wieder!«

Der Wärter hielt kurz inne: »Hast du Drogen geschmuggelt?«

»Was erzählst du da?« empörte sich Abdallah.

»Das Radio sagt, du hättest Drogen geschmuggelt!«

»Das ist eine reine Lüge! Ich hatte nie mit Drogen zu tun!« versicherte der Kamelhirte.

»Ich muß jetzt wirklich gehen! Hast du noch einen Wunsch?« fragte der Wärter.

»Die Suppe macht nicht einmal ein Huhn satt!«

Der Gefängniswärter nickte. Er blies die Kerze aus und verließ lautlos die Zelle.

Das Gespräch mit dem Wärter hatte Abdallah die Zeit vertrieben. Es mochte Mitternacht sein, als er sich niederlegte. Die Kälte kroch in ihm hoch. Er kauerte sich zusammen. Erinnerungen stiegen in ihm hoch: Vor seinen Augen sah er die Frühlingsweide, der Duft der Kräuter stieg ihm in die Nase, und die Frühlingssonne wärmte ihm den Rücken. Gegen Morgen überwältigte ihn die Müdigkeit, Schlaf senkte sich über seine Augen.

Der Hirte kam erst zu sich, als ihm jemand einen Fußtritt versetzte. Er rieb sich die Augen.

»Aufstehen! Hier wird nicht ausgeschlafen!«

Abdallah legte seine Hand auf die schmerzende Stelle. Als er seinen Blick hob, sah er einen Soldaten vor sich. »Komm mit!« befahl dieser.

Durch einen langen Flur und über eine Treppe erreichten sie den anderen Flügel des Gefängnisses. Vor einer Tür blieb der Soldat stehen. Er klopfte an.

»Herein!« tönte eine Stimme.

Der Soldat öffnete die Tür und schob Abdallah unsanft in den Raum. Hinter einem Tisch sah er zwei Männer sitzen, der eine war dick, der andere dünn. Die Tür schloß sich hinter dem Hirten.

Der Dicke wies auf einen Stuhl, und Abdallah nahm Platz. Der Dünne bot ihm eine Zigarette an.

»Danke! Ich rauche nicht!«

»Kamelhirten leben gesund!« bemerkte der Dicke. Er versuchte, die Krawatte zu lockern, die seinen Hals einschnürte.

Der Dünne warf einen Blick auf das Blatt, das vor ihm lag. Er begann mit der Befragung:

»Du heißt Abdallah, du bist aus dem Stamm der Tyaha!« Der Hirte nickte.

»Erzähl! Warum hast du die Grenze verletzt?«

»Das Kamel hatte sich verlaufen! Ich wollte mein Tier zurückholen!«

»Du hast Drogen geschmuggelt!«

Abdallah schüttelte den Kopf.

»Meinst du, die Soldaten der Nationalgarde sind Lügner?« herrschte ihn der Dicke an.

»Das behaupte ich nicht!« versetzte Abdallah. »Ich sage nur, daß ich keine Drogen geschmuggelt habe!«

»Diese Kamelhirten sind Starrköpfe! Wenn sie ›nein‹ sagen, bleiben sie auch dabei!« bemerkte der Dünne.

»Wenn es um die Wahrheit geht, dann bin ich starrköpfig!« erwiderte Abdallah.

»Es steht im Protokoll, du hast es unterschrieben!«

»Ich weiß nicht, was im Protokoll steht. Ich kann nicht lesen!«

»Lassen wir die Drogen beiseite! Weshalb hast du die Grenze überschritten? Was hat ein Kamelhirte in der Nähe der Grenze zu suchen?« fragte der Dünne.

»Ich habe es schon oft gesagt: Das Kamel hatte Hunger, und auf der Suche nach Artischocken hat es sich verlaufen!«

»Durch Wiederholung gewinnt die Geschichte nicht an Glaubwürdigkeit! Es muß einen anderen Grund geben!«

»Es gibt keinen anderen Grund!« entgegnete Abdallah.

»Sag den wahren Grund, bevor ich...« Der Dicke erhob drohend seine Faust. Der Kamelhirte blieb stumm.

»Raus mit der Sprache!« brüllte der Dicke.

»Die Kamelhirten sind starrköpfig wie Esel und ausdauernd wie Kamele!« bemerkte der Dünne. »Aber wir haben Zeit!«

Der Dicke zündete sich eine Zigarette an. Er nahm einen kräftigen Zug und blies Abdallah den Rauch ins Gesicht.

Abdallah drehte den Kopf zur Seite.

»Hast du Artischocken für dein Kamel gesucht, oder wolltest du für Israel spionieren?« fragte der Dünne.

»Spionieren? Spionieren?« wiederholte der Hirte.

»Du bist ein Spion! Ein Agent! Im Protokoll steht, daß du eine Landkarte bei dir hattest!« sagte der Dicke.

»Ich habe keine Karte! Vielleicht hat sich der Offizier verschrieben?«

»Du beleidigst einen Offizier der Nationalgarde?« Der Dicke gab Abdallah eine schallende Ohrfeige.

»Ich habe nur dieses Haarbüschel bei mir!« Der Hirte zog das Büschel aus der Tasche und zeigte es den Männern.

»Du bist kein Spion? Kannst du beschwören, daß du die Wahrheit sagst?«

»Bei Allah und bei allen Propheten!« schwor Abdallah.

»Geh zurück in die Zelle!«

Der Soldat erschien und führte Abdallah in die Zelle zurück.

So verbrachte der Kamelhirte den Rest des Tages in der düsteren Zelle. Er war in Gedanken versunken. Die denkwürdige Begegnung mit dem Dicken und dem Dünnen ließ ihn nicht los.

»Diese Menschen sind ohne Herz. Sie schieben die Worte im Mund hin und her wie die Kamele das Gras. Ein Spion soll ich sein?« Abdallah lachte auf.

Am Abend erschien der Gefängniswärter wieder.

»Hier habe ich ein Huhn für dich! Meine Frau hat es für dich gebraten! Später komme ich wieder!« flüsterte er Abdallah ins Ohr.

»Danke, Bruder!«

Der Hirte nahm das Huhn auseinander. Es war

reich gewürzt und mit Reis gefüllt. Abdallahs Magen knurrte. Gierig verschlang er das Fleisch.

Nach einer Weile tauchte der Gefängniswärter wieder auf. »Wo sind die Knochen? Sie könnten uns verraten!«

Abdallah überreichte ihm die abgenagten Hühnerbeine. »Alles andere habe ich aufgegessen!« grinste er.

»Du mußt Kamelzähne haben!«

»Ich hatte Hunger!«

Der Gefängniswärter ließ die Knochen in seiner Hosentasche verschwinden. »Wie hast du den Tag verbracht?« erkundigte er sich.

»Zwei Männer haben mir viele Fragen gestellt. Ich soll ein Spion sein!«

»Ist der eine dick und der andere dünn?« wollte der Wärter wissen.

»Ja, der eine ist so dick wie eine Schildkröte und der andere so dünn wie eine Nadel!«

»Hast du zugegeben, daß du ein Spion bist?«

»Ich bin kein Spion!«

»Sei vorsichtig! Diese Männer sind vom Geheimdienst!« warnte ihn der Wärter.

»Das habe ich vermutet. Ihre Hände sind weich wie Baumwolle. Bestimmt haben sie viele Jahre in der Schule zugebracht!«

»Versprich ihnen nichts!« riet der Wärter. Mit einem aufmunternden Schulterklopfen verabschiedete er sich.

In dieser Nacht schlief der Kamelhirte besser. Das

Huhn beruhigte seinen Magen, und allmählich begann er sich an die merkwürdigen Umstände zu gewöhnen.

Genau wie am Tag zuvor weckte ihn der Soldat unsanft. Wieder wurde er den beiden Männern vorgeführt, doch an diesem Morgen zeigten sie bessere Laune.

Sie begrüßten den Hirten freundlich: »Da du nicht rauchst, haben wir für dich heute heiße Milch bestellt!« sagte der Dicke.

In einem Zug leerte der Kamelhirte das Glas. Der Dünne schenkte ihm nach. Nach dem dritten Glas rieb sich Abdallah über den Mund.

Der Dünne eröffnete das Gespräch. »Wir haben gestern den ganzen Tag Nachforschungen angestellt und die Grenzsoldaten befragt!«

Die Augen des Kamelhirten weiteten sich. Der Dünne fuhr fort: »Wir glauben, daß du ein ehrlicher Mensch bist!«

Freude strich über das Gesicht des Hirten.

Die beiden Männer schauten ihn forschend an. Der Dicke strich sich über die Wange. Dann sagte er zu Abdallah: »Wenn du willst, kannst du auf deinem Kamel zu deinem Stamm zurückreiten!«

»Du bist ein Mensch mit Herz! Ich werde allen Stämmen von deiner Großzügigkeit berichten!« versprach der Hirte.

Der Dicke lachte kalt: »Wenn du uns einen Gefallen erweist!«

»Was kann ich für euch tun?«

»Nur eine Kleinigkeit!« erwiderte der Dünne mit ruhiger Stimme.

»Welche Kleinigkeit?« wollte Abdallah wissen.

»Eine Kleinigkeit!« wiederholte der Dicke. »Du lebst auf dem Gebiet, das gewaltsam besetzt wurde. Auf der Weide siehst du israelische Soldaten, Fahrzeuge... Du brauchst uns nur zu erzählen, was deine Augen sehen!«

»Das ist schwierig!« versetzte Abdallah.

»Du brauchst nur deine Augen aufzusperren. Ihr Hirten habt doch Adleraugen!«

»Meine Augen suchen Weide für mein Kamel!«

»Wenn du klug bist, bekommt dein Kamel Artischocken, wann immer es will!« versprach der Dünne.

Der Hirte überlegte eine Weile. Die Blicke der Männer waren voll Erwartung auf ihn gerichtet.

»Ich habe gelernt, Kamele zu hüten. Dabei bleibe ich!«

»Willst du nicht deine Verlobte wiedersehen?«

Abdallah merkte auf: »Was hat sie mit der Sache zu tun?«

»Überleg dir den Vorschlag gut. Wir beide haben Nutzen davon!« sagte der Dicke. »Morgen sehen wir uns wieder!«

Die Tür ging auf, und Abdallah wurde abgeführt.

Im Laufe des Tages durfte der Hirte für kurze Zeit in den Gefängnishof. Erfreut umarmte er sein Kamel. Er musterte es von allen Seiten; sein Zustand schien gut zu sein. Es hatte einen Korb voll Stroh vor sich. Abdallah kraulte sein Kamel an den Ohren.

»Wer hätte gedacht, daß wir hier landen? Allah und der Stammesahn mögen uns beistehen!«

Als ihn die Soldaten in die Zelle zurückführten, war Abdallah ruhiger. Die Begegnung mit seinem Kamel hatte sein Herz erwärmt. Der Druck auf seiner Brust ließ nach. Er legte sich nieder, in Gedanken war er weit weg.

Am Abend bekam er wie gewöhnlich Suppe und Brot zugeteilt. Gegen später wartete er voll Ungeduld auf das Erscheinen des Wärters, doch vergeblich. Abdallah begann sich Fragen zu stellen: »Warum kommt er heute nicht? Wissen die anderen Wärter von seinen Besuchen? Oder arbeitet er mit dem Geheimdienst zusammen?«

Die Gedanken kreisten in seinem Kopf bis zum Morgengrauen.

Als der Soldat am nächsten Morgen die Zelle aufsperrte, fand er den Hirten auf der Matratze sitzen.

»Gefällt dir das Schlaflager nicht?«

»Ich habe genug geschlafen!« erwiderte Abdallah.

»Folge mir!«

Wieder wurde der Hirte den beiden Männern vorgeführt. Der Dicke musterte Abdallah: »Du hast wenig geschlafen!« bemerkte er.

Der Hirte gab sich wortkarg.

»Der Tee wird dich aufwecken!« Der Dünne goß Abdallah ein Glas Tee ein. Mit einem Kopfnicken bedankte sich der Hirte.

Während er den Tee trank, schlürften die beiden ihren Kaffee.

»Was raubt dir den Schlaf?« wollte der Dünne wissen.

»›Viel zu schlafen verlängert das Leben nicht, und wenig zu schlafen verkürzt kein Leben‹, sagt der Dichter!«

»Eine ägyptische Sängerin singt diese Verse!«

Der Hirte blieb stumm.

»Wir sollten lieber unser Gespräch von gestern fortsetzen!« mahnte der Dünne.

»Wir hatten dich um eine Kleinigkeit gebeten!«

»Ich habe bereits die Antwort gegeben!«

»Das kann doch nicht dein letztes Wort gewesen sein?« Der Dicke stand auf. »Viele sagen am Anfang nein, doch dann ändern sie ihre Meinung!«

»Wir sind bereit, Münzen zu bezahlen!« fügte der Dünne hinzu.

»Mein Kamel frißt keine Münzen. Und ich brauche kein Geld!«

»Du willst uns also nicht helfen?«

»Ich kann nur Kamele hüten!«

»Wir sehen uns wieder!« sagte der Dünne.

Auf ein Klopfzeichen erschien der Soldat und führte Abdallah in einen anderen Raum. Der Raum war groß, es roch nach Urin. In der Ecke stand ein Tisch. Dem Hirten wurde übel.

Der Soldat verschwand, und zwei große Gestalten betraten den Raum. Der eine hielt eine Peitsche in der Hand. Abdallahs Kehle wurde trocken.

»Leg dich bäuchlings auf den Tisch!«

Der Hirte zögerte, doch eine große Hand packte ihn am Hals und drückte ihn auf den Tisch. Während die Hand ihn fest umklammerte, sauste die Peitsche auf seinen Rücken nieder. Der Hirte biß die Zähne zusammen.

»Du wirst nachgeben!« prophezeite der Peiniger.

Schmerz erfaßte Abdallahs ganzen Körper, dann wurde es dunkel um ihn.

Es mochte Abend sein, als der Hirte zu sich kam. Bleischwer lag er auf der Matratze, das Gewand klebte an seinem Körper. Sein Rücken war eine einzige Wunde. Abdallah versuchte, das Gewand abzustreifen, doch es war wie eine zweite Haut.

Während der Hirte immer wieder versuchte, sich wie eine Schlange zu enthäuten, drehte sich der Schlüssel im Schloß. Der Wärter erschien mit dem Abendessen. Als er Abdallah in diesem Zustand erblickte, konnte er seine Tränen nicht zurückhalten. Er verschwand einen Augenblick und kehrte mit einer Dose in der Hand zurück. Behutsam befreite er Abdallah von den Gewandfetzen.

»Es brennt wie Feuer!« stöhnte Abdallah.

»Diese Salbe wird den Schmerz lindern!«

»Allah möge diese Männer vom Paradies fernhalten!«

»Du mußt durchhalten!« flüsterte ihm der Wärter zu. »Sie werden dich wieder schlagen, doch irgendwann lassen sie dich in Frieden! Gestern hatte ich frei!« entschuldigte er sich.

»Ich hatte auf dich gewartet!« flüsterte Abdallah.

»Sei unbesorgt! Ich kümmere mich um dein Kamel, es bekommt genug Futter!«

»Der Himmel hat dich zu mir geschickt!«

»Ich höre Schritte auf dem Flur! Ich muß verschwinden!« Der Wärter verschwand genau so lautlos, wie er gekommen war.

Am nächsten Tag wurde Abdallah erneut den beiden Männern vorgeführt.

»Entschuldige!« eröffnete der Dünne das Gespräch. »Man hat dich mit einem anderen Gefangenen verwechselt!«

Der Hirte zeigte keine Reaktion, regungslos saß er auf dem Stuhl.

Der Dicke kratzte sich am Hals. »Erweist du uns die kleine Gefälligkeit?«

»Ich bleibe bei meinem Wort!« beharrte der Hirte.

Der Dicke schaute auf den Dünnen; dieser zuckte die Schultern. »Man wird dich vor Gericht stellen. Willst du dein ganzes Leben im Gefängnis zubringen?«

In der Zelle überfiel Abdallah Übelkeit. Nachdem er sich erbrochen hatte, fühlte er sich besser. Ungeduldig erwartete er den Wärter.

Erst spät am Abend erschien der Wärter: »Bruder, ich bringe dir gute Nachrichten!«

»Was hast du zu berichten?« Der Hirte spitzte die Ohren.

»Dein Fall hat die ganze Welt erreicht! Zeitungen und Radios berichten über dich und dein Kamel!«

»Was habe ich davon, wenn man mich hier totprügelt!«

»Hör gut zu: Dein Fall beschäftigt die Vereinten Nationen, es wird eine Sitzung anberaumt!«

»Vereinigte Grenz-Nationen? Davon habe ich noch nie gehört!«

»Stell dir ein großes Haus vor, größer als ein Scheichzelt. In diesem Gebäude sitzen Vertreter aller Staaten. Die Vertreter der mächtigsten Staaten bilden den Ältestenrat!« Der Wärter senkte seine Stimme: »Der jordanische Botschafter hat gegen die Grenzverletzung protestiert; er warf Israel provokatorische Absichten vor. Der israelische Vertreter wies diesen Vorwurf zurück. Es sei eine erfundene Geschichte, sein Land kenne weder den Hirten noch das Kamel!«

»Und was habe ich davon?«

»Es ist wichtig für dich: Die Vereinten Nationen werden Offiziere mit blauen Anzügen zur Beobachtung entsenden. Du wirst bald Besuch bekommen, und die Soldaten werden dich nicht mehr mißhandeln!« Abdallah atmete erleichtert auf: »Dein Wort in Allahs Ohr!«

Während der Grenzzwischenfall bei den Vereinten Nationen heftig diskutiert wurde, verlegte man Abdallah auf Anweisung der Gefängnisdirektion in ein komfortables Zimmer. Es war hell und sauber. Abdallah ließ sich auf das weiche Bett fallen.

Eine Woche später bekam er Besuch. Zwei Offiziere der Vereinten Nationen suchten ihn auf.

»Wir sind gekommen, um deinen Fall zu untersuchen! Erzähl uns, was sich zugetragen hat!« sagte einer der Offiziere; er hatte einen ausländischen Akzent.

»Bei uns herrschte Dürre. Mein Kamel hat sich bei der Suche nach Futter verirrt und ist über die Grenze gelaufen. Ich wollte mein Kamel zurückholen!« erzählte der Hirte.

»Niemand hat dich beauftragt, über die Grenze zu gehen?«

»Nein!« entgegnete Abdallah entschieden.

»Bei den Nomaden gibt es immer die gleichen Probleme!« sagte der Offizier zu seinem Kollegen. »Es fängt ganz harmlos an und wächst sich dann zu einer Affäre aus!« Zu Abdallah gewandt bemerkte er: »Es wird viel Zeit brauchen, bis du wieder frei bist. Die Sache ist heikel!«

»Du kannst uns eine Nachricht für deine Familie mitgeben!« fügte der andere hinzu.

»Sag ihnen, daß es mir gutgeht!«

Die beiden Offiziere verabschiedeten sich, und Abdallah dankte ihnen für ihre Unterstützung.

Kurz nachdem die Vertreter der Vereinten Nationen das Gefängnis verlassen hatten, wurde Abdallah in seine alte Zelle zurückverfrachtet.

Zehn Tage nach diesem Besuch wurde dem Kamelhirten der Prozeß gemacht.

Am frühen Morgen holte ihn ein Wagen ab und fuhr ihn zum Gericht. Man führte Abdallah in den

Gerichtssaal. Es war ein Raum mit vielen Stühlen und einem langen Tisch. Zahlreiche Menschen waren versammelt, zwei davon trugen schwarze Gewänder.

»Ob sie wohl trauern?« fragte sich Abdallah.

In der vordersten Reihe erkannte der Hirte die zwei Offiziere der Vereinten Nationen. Sie lächelten ihm freundlich zu.

Nach geraumer Zeit betrat ein gesetzter Herr im schwarzen Anzug den Raum. Die Anwesenden erhoben sich.

»Es muß der Richter sein!« sagte Abdallah bei sich.

Auf ein Zeichen nahmen alle wieder Platz. Der Richter schaute in seine Unterlagen, dann ergriff er das Wort: »Heute verhandeln wir gegen Abdallah aus dem Stamm der Tyaha. Ich eröffne den Prozeß!«

Der Richter setzte sich die Brille auf, dann wandte er sich an den Hirten: »Du wirst beschuldigt, die Grenze verletzt zu haben! Warum hast du das getan?«

»Immer dieselbe Frage!« stöhnte der Hirte. »Mein Kamel hat sich auf der Suche nach Artischocken verlaufen. Ich wollte es zurückholen! Das ist alles!«

»Du hast die Grenze nicht absichtlich überschritten?«

»Nein!«

»Du wolltest also nur dein Kamel zurückholen?« wiederholte der Richter. »Wie kannst du das beweisen?«

»Wenn du mir nicht glaubst, dann frage das Kamel!«

Ein Murmeln ging durch den Saal.

»Verstehen die Kamele unsere Sprache?«

»Sie verstehen die Sprache der Hirten!«

Der Richter lehnte sich unschlüssig auf seinem Sessel zurück. Der Verteidiger erhob sich: »Verehrter Richter! Ich beantrage, daß das Kamel als Zeuge vernommen wird!«

Der Staatsanwalt legte Widerspruch ein: »Ich protestiere! Das Gericht ist kein Zoo!«

»Wenn uns das Kamel bei der Wahrheitsfindung hilft, dann möchte ich es gerne vorladen!« erwiderte der Verteidiger. »Kamele sind als kluge Tiere bekannt!«

»Wir können Kamele doch nicht in den Rang von Zeugen erheben!« wehrte der Staatsanwalt ab.

»Ich glaube, es gibt Kamele, die einen größeren Verstand haben als manche Menschen!« gab der Verteidiger zurück.

Dem Staatsanwalt platzte der Kragen. »Das ist menschenverachtend!«

»Ruhe! Ruhe!« Der Richter wandte sich an Abdallah: »Du behauptest also, daß dein Kamel die Sprache der Hirten versteht?«

»So ist es!«

»Wärst du bereit, für uns zu dolmetschen?«

»Ich bin bereit!«

Der Richter erhob sich. »Ich vertage die Sitzung für eine Stunde, bis das Kamel da ist!«

Es wurde laut im Saal.

Mit Neugier erwartete das Publikum den Fortgang der Verhandlung. Die Spannung war auf dem Siedepunkt, als der Richter nach der Pause wieder hinter dem Tisch Platz nahm. Er schaute um sich: »Wo ist der Zeuge?«

Ein Soldat erhob sich: »Das Kamel hat sich geweigert, in den Jeep einzusteigen. Ein Soldat reitet das Tier hierher; es muß jeden Augenblick eintreffen!«

Der Richter nickte und blätterte in seinen Unterlagen.

Dann ging die Saaltür auf, und das Kamel mit dem Nasenring kroch auf allen vieren durch die Türöffnung. Alle starrten auf das Tier.

»Hier bin ich!« rief Abdallah. Das Kamel richtete sich auf und schritt zielstrebig auf den Hirten zu. Neben Abdallah ließ es sich nieder. Der Hirte kraulte sein Tier hinter den Ohren.

Es war so still im Saal, daß man eine Nadel hätte fallen hören.

Der Richter unterbrach die Stille: »Der Zeuge ist eingetroffen, wir können mit der Verhandlung fortfahren!«

»Abdallah«, sagte der Richter, »ich stelle die Fragen, und du machst sie deinem Kamel verständlich.«

»Ich höre!«

»Sag dem Kamel, es solle zuerst den Eidschwur ablegen!«

Mit vielen Gesten und Handbewegungen übersetzte Abdallah, und das Kamel nickte mit dem Kopf.

Der Richter zeigte sich zufrieden. Er begann die Eidformel vorzusprechen: »Ich schwöre bei Allah, daß ich die Wahrheit sagen werde!« Und er fügte hinzu: »Erklär deinem Kamel, daß es im Gefängnis landen wird, wenn es die Unwahrheit sagt!«

Abdallah übersetzte, doch beim Begriff ›Gefängnis‹ kam der Hirte ins Stocken: »Das Wort ›Gefängnis‹ gibt es nicht in der Sprache der Kamele!«

»Der Begriff ist aber wichtig!« beharrte der Richter.

Der Hirte zuckte die Schultern. »Wir Beduinen haben keine Gefängnisse, woher sollen Kamele wissen, was Gefängnisse sind?«

Der Verteidiger schaltete sich ein. »Versuch den Begriff zu umschreiben, ihn zu erklären! Ihr seid doch hier in einem Gefängnis untergebracht!«

»Ich protestiere!« rief der Staatsanwalt.

»Der Vorschlag des Verteidigers ist gut!« beschied der Richter.

Der Hirte zögerte einen Augenblick, dann hielt er mit beiden Händen den Kopf des Kamels fest und schaute ihm in die Augen. Er beschrieb ihm seine dunkle, feuchte Zelle; er erzählte ihm von dem kleinen Loch, durch das nur wenig Licht drang, und von den Ratten, die die Zelle bevölkerten.

Das Kamel schaute ihn mit großen Augen an, dann nickte es.

»Wir fahren fort!« sagte der Richter. »Frag dein Kamel, ob es sich wirklich verlaufen hat? Hat es die Grenze versehentlich überschritten?«

Der Hirte begann zu übersetzen. Beim Wort ›Grenze‹ stockte er. »In der Sprache der Kamele gibt es das Wort ›Grenze‹ nicht, aber ich weiß, wie ich es meinem Tier begreiflich machen kann!«

Der Hirte erinnerte das Kamel an den Schulunterricht und die weißen Steine. Das Tier erinnerte sich wohl.

»Wenn wir in dieser Geschwindigkeit fortfahren, wird der Prozeß nie zu einem Ende kommen!« empörte sich der Staatsanwalt. »Einer solchen Verhandlung habe ich noch nie beigewohnt. Wir sind doch nicht im Zoo!« Vor Erregung standen ihm die Schweißperlen auf der Stirn. Das Kamel war so verschreckt, daß es Äpfel fallen ließ.

Der Richter zog ein Schnupftuch.

»Mein Kamel war noch nie in einem Gerichtssaal!« entschuldigte der Hirte sein Tier.

Der Richter wandte sich dem Hirten zu: »Ich habe den Eindruck, daß die Kamele nur wenig von unserer Sprache verstehen!«

»Du hast recht! Manche Worte sind schwierig zu übersetzen. Wir waren bemüht, den Tieren beizubringen, was eine Grenze ist; mit mäßigem Erfolg! Sie reagieren zwar auf Strafen, aber den Sinn von Grenzen haben sie immer noch nicht begriffen!«

»Es ist eben eine primitive Sprache!« stänkerte der Staatsanwalt.

»Man muß Hirte sein, um diese Sprache zu verstehen!« entgegnete Abdallah.

Der Richter kramte in seinen Unterlagen und machte sich etliche Notizen. »Kann das Kamel bezeugen, daß du nur seinetwegen die Grenze überschritten hast?« fragte er.

Der Hirte erinnerte das Kamel daran, wie er seinen Umhang ausgebreitet und sich zum Schlafen niedergelegt hatte, und er ahmte die Rufe nach, mit denen er das Tier gelockt hatte.

Das Kamel spitzte die Ohren. »Grrrr! Grrrr! Grrrr!« sagte das Kamel und nickte.

»Was heißt das?« erkundigte sich der Richter.

»Das Kamel erinnert sich wohl. Es bezeugt, daß ich nur seinetwegen die Grenze überquert habe!«

Der Richter zeigte sich zufrieden. »Für heute erkläre ich die Verhandlung für beendet. Das Kamel hat ausgesagt, daß es nicht absichtlich die Grenze verletzt hat. Ich entlasse den Zeugen!« Er erhob sich: »Morgen wird der Prozeß fortgesetzt!«

Der erste Verhandlungstag hinterließ bei allen Beteiligten lebhafte Eindrücke. Der Richter schnaufte tief, als er am Abend nach Hause kam.

»Heute hatte ich einen anstrengenden Tag!« ließ er sich vernehmen.

»Das erzählst du immer!« entgegnete ihm seine Frau.

»Es war wirklich anstrengend! Heute habe ich ein Kamel vernommen!«

»Hast du den Verstand verloren?« entsetzte sich die Frau. »Wenn du das weitererzählst, wird man dich für verrückt halten!«

»Du hast doch im Radio von dem Grenzzwischenfall gehört? Dieses Kamel ist heute als Zeuge aufgetreten!«

»Können Kamele sprechen?«

»Der Hirte hat übersetzt!« erwiderte der Mann. »Es war beeindruckend, wie er mit Worten und Gesten zu seinem Kamel sprach!«

»Endlich einmal ein unterhaltsamer Fall!« kommentierte die Frau. »Meist langweilst du mich mit deinen Prozessen!«

»Stell dir vor, in der Sprache der Kamele gibt es weder Begriffe für ›Gefängnis‹ noch für ›Grenze‹. Eine eigentümliche Sprache!«

Währenddessen schilderte der Hirte dem Wärter den ersten Prozeßtag in allen Einzelheiten. »Das Kamel war klug! Es hat das Herz des Richters erobert!« strahlte der Hirte.

Der Wärter war verwundert: »Sie haben das Kamel als Zeugen zugelassen?«

»Ja! Und ich habe übersetzt. Nur einer der Männer, er war schwarz gekleidet, mochte das Tier nicht. Er versuchte, das Kamel zu verunsichern!«

»Das muß der Staatsanwalt gewesen sein! Du hast Glück, daß der Richter verständig ist!«

Abdallah lächelte: »Bei uns wäre er bestimmt ein berühmter Kamelrichter geworden!« Am darauffolgenden Tag wurde die Verhandlung fortgesetzt.

Der Richter eröffnete die Sitzung: »Gestern haben wir in der Sache des Grenzfalls das Kamel als Zeugen vernommen. Seine Aussagen waren für die Klärung der Sache sehr hilfreich!«

Der Richter blätterte in seinen Unterlagen. »Abdallah, bekennst du dich für schuldig, die Grenze verletzt zu haben?«

»Nein!« antwortete der Hirte.

»Weshalb?« hakte der Staatsanwalt nach.

Der Hirte überlegte kurz: »Fasten ist eine der fünf Säulen des Islam. Doch unter bestimmten Umständen ist das Fastenbrechen erlaubt: Wenn das Fasten Leben gefährdet, darf man es aussetzen!«

»Was hat das mit der Sache zu tun?«

»In meinem Stamm herrscht seit langem Dürre, die Tiere sind abgemagert, Futter ist knapp. Die Not zwang mein Kamel, die Staatsgrenze zu überschreiten. Wenn Allah dem Menschen unter bestimmten Umständen erlaubt, das Fasten zu brechen, warum sollte es dem Kamel verwehrt sein, in der Not die Grenze zu überschreiten? Ist der Fastenmonat weniger heilig als die Staatsgrenze?«

Die Worte des Hirten verblüfften die Anwesenden. Nachdenklich blätterte der Richter in den Akten. Es war still im Saal.

Der Richter wandte sich an den Staatsanwalt: »Hast du Einwände?«

Der Staatsanwalt erhob sich. Er hüstelte.

»Ich halte den Vergleich zwischen Ramadan und der Staatsgrenze für unzulässig. Es ist ein Hohn für jeden frommen Moslem, der das Gebot des Fastens einhält, mit einem hungrigen Kamel verglichen zu werden!«

Der Verteidiger stellte eine Zwischenfrage: »Unter welchen Umständen erlaubt der Islam das Fastenbrechen?«

In lautem Ton erwiderte der Staatsanwalt: »Bei Erkrankungen oder auf Reisen ist das Fastenbrechen erlaubt. Auch Wöchnerinnen und menstruierende Frauen dürfen das Fasten aussetzen!« Der Staatsanwalt holte tief Luft: »Doch wenn der Kranke geheilt oder der Reisende am Ziel ist, müssen die Fastentage nachgeholt werden. Das gleiche gilt für Wöchnerinnen und menstruierende Frauen!«

Der Staatsanwalt nahm wieder Platz.

»Hat der Verteidiger Einwände gegen die Ausführungen des Staatsanwaltes?« fragte der Richter.

»Nein! Doch ich möchte die Worte meines Mandanten erläutern. Der Geburtsort des Islam ist die arabische Halbinsel. Diese karge Umgebung hat die Lehre des Islam geprägt, und die Lehre trägt den unwirtlichen Umständen Rechnung. Seit alters ziehen die Beduinen frei durch die Wüste. Die Suche nach Wasser und Weide bestimmt ihren Lebensrhythmus!« Der Verteidiger blickte sich im Saal um.

»Doch seit es Staaten mit starren Grenzen gibt, ist der Rhythmus des Wanderns unterbrochen und der Lebensraum der Hirten zerstückelt. Gäbe es keine Grenzen, so säßen wir jetzt nicht hier!«

Der Staatsanwalt hielt dagegen: »Staaten und

Grenzen gibt es überall in der Welt, nicht nur hier. Die Beduinen haben wie alle Staatsbürger die Souveränität der Staaten und ihrer Grenzen zu respektieren!«

Der Redner ereiferte sich: »Weder die Beduinen noch ihre Tiere haben Achtung vor den Staatsgrenzen. Wenn es noch eines Beweises hierfür bedurft hätte, so hat ihn das Kamel geliefert: Es hat auf die Grenzsteine geschissen!«

Abdallah, der den Wortwechsel aufmerksam verfolgt hatte, mischte sich ein: »Der Verteidiger hat recht! Die Grenzen legen sich wie Schlingen um unseren Hals! Sie haben die Wüste erwürgt!«

Am dritten Verhandlungstag fragte der Richter den Hirten: »Hast du noch etwas vorzubringen?«

Abdallah schüttelte den Kopf.

Der Richter wandte sich dem Staatsanwalt zu: »Der Staatsanwalt hat das Wort!«

Dieser erhob sich: »Abdallah aus dem Stamm der Tyaha wird beschuldigt, die Grenze des Haschemitischen Königreiches von Jordanien verletzt zu haben. Die Gründe, die der Angeklagte für sein Vergehen anführt, sind nicht stichhaltig. Die Staatsanwaltschaft beantragt eine Freiheitsstrafe von sieben Jahren sowie die Beschlagnahmung des Kamels. Dieses Strafmaß ist geeignet, weiteren Grenzverletzungen vorzubeugen!«

Als der Hirte diese Worte vernahm, versank er in seinem Stuhl.

Der Richter gab dem Verteidiger das Wort. Dieser erhob sich: »Der Angeklagte hat arglos die Staatsgrenze überschritten. Sein Handeln gehorchte allein der Not. Seine Ehre stand auf dem Spiel; wir alle kennen den Stolz der Wüstensöhne. Ich beantrage Freispruch für meinen Mandanten!«

Auf diese Worte hin schöpfte Abdallah wieder Mut. Doch als der Richter sich für geraume Zeit zurückzog, wurde der Hirte unsicher. Er schwankte zwischen Bangen und Hoffen hin und her. Mit leerem Blick starrte er auf den Sessel des Richters.

»Sieben Jahre sind ein Leben!« murmelte er. »O Stammesahn! Steh mir bei in der Not! Einen Schafbock will ich dir zu Ehren schlachten!«

Während der Hirte sich Mut zusprach, erschien der Richter. Er hielt ein Blatt zwischen den Händen und verlas das Urteil: »Abdallah aus dem Stamm der Tyaha wird für schuldig befunden, die Grenze des Haschemitischen Königreichs von Jordanien verletzt zu haben. Er wird zu einer Freiheitsstrafe von einem Jahr verurteilt.«

»Ein Jahr für ein Maul voll Artischocken?« murmelte der Hirte. »Wie fremd ist ihnen die Wüste!«

Während der Hirte im jordanischen Gefängnis seine Strafe absaß, gerieten immer mehr beduinische Hirten in israelische Gefängnisse. Bevor noch die einen entlassen wurden, wurden die anderen eingeliefert.

Die Lage spitzte sich zu. So beschlossen die Scheichs, den Militärgouverneur aufzusuchen und gemeinsam Protest einzulegen. Der Gouverneur empfing die Abordnung in seinem Amtssitz in der Siebenbrunnen-Stadt.

Ein Scheich trug ihm die Anliegen der Beduinen vor: »Wir sind in Not, die Dürre nimmt kein Ende. Seit wir in die Reservate umgesiedelt wurden, hat sich unsere Lage verschlimmert. Das karge Land ernährt uns nicht. Wir bitten dringend um Weideplätze für unsere Tiere und um Arbeitsmöglichkeiten für die Männer!«

Der Militärgouverneur hörte sich die Klagen der Beduinen aufmerksam an; dann erwiderte er: »Der Staat hat dringlichere Probleme als die euren. Tagtäglich kommen neue Immigranten ins Land. Die Eingliederung dieser Menschen kostet den Staat viel Geld, und Arbeitsplätze sind knapp!«

Der Gouverneur räusperte sich. »Die Immigranten haben Vorrechte. Sollte die Einwanderungswelle abebben, dann will ich sehen, was sich machen läßt. Möglicherweise lassen sich Beduinen im Straßenbau oder auf Plantagen einsetzen!«

Ein Scheich wandte sich an den Gouverneur: »Wir sind israelische Bürger! Warum mißhandeln die Soldaten unsere Söhne?«

Der Militärgouverneur kratzte sich an der Schläfe. »Ich bitte euch! Wenn ein Soldat einem Hirten eine Ohrfeige verpaßt, nennt ihr das Mißhandlung? Die Sicherheit des Staates hat ihren Preis!«

»Gefährden unsere Herden und unsere Hirten den Staat?«

»Das habe ich nicht behauptet! Doch ihr wißt, daß die Affäre mit dem Kamelhirten unserem Ruf geschadet hat!« Schweigen herrschte im Raum.

Der Militärgouverneur lenkte ein. Er bestellte Kaffee für die Scheichs.

»Bald stehen Wahlen vor der Tür!« fuhr er fort. »Wir sollten uns darüber unterhalten!«

Einer der Scheichs flüsterte seinem Nachbarn ins Ohr: »Jetzt braucht uns der Gouverneur!«

»Was haben die Beduinen von Wahlen?« winkte ein Scheich ab. »Wahlen machen unsere Ziegen nicht satt!«

»Durch Wahlen kann jeder seine Interessen kundtun!«

»Wir sollten uns am Wahltag lieber um die Herden kümmern!« empfahl ein Scheich.

»Meine Partei wird sich für euch einsetzen. Wir werden euch Zugang zu Weideplätzen verschaffen!« versprach der Gouverneur.

Und so gaben die Beduinen bei den Wahlen ihre Stimme der Partei des Militärgouverneurs. Dieser zeigte sich erkenntlich: Großzügig vergab er Genehmigungen. So tauschten die Beduinen ihre Stimmen gegen Weide für die Ziegen. Doch bald beschnitt man ihnen die Weideplätze wieder.

Mit der Zeit kannten auch die Ziegen die Spielregeln: In Wahlzeiten nutzten sie die Großzügigkeit des Gouverneurs und schlugen sich die Bäuche voll, wohlwissend, daß nach den Wahlen wieder die Fastenzeit anbrechen würde.

Abdallah brachte ein Jahr im jordanischen Gefängnis zu. Am letzten Abend verabschiedete sich der Gefängniswärter mit Tränen in den Augen: »Du wirst morgen entlassen, während ich in diesen Mauern weiter meiner Arbeit nachgehen muß!«

Abdallah umarmte den Wärter. »Ohne dich wäre mir die Zeit noch viel länger geworden! Allah möge deine guten Taten entlohnen!«

Am nächsten Morgen holte ihn ein Militärfahrzeug ab und fuhr ihn in Richtung Grenze. Abdallah war außer sich vor Freude.

Unweit der Grenze hielt das Fahrzeug an.

»Wo ist mein Kamel?«

»Dein Tier wird bald hier sein! Mach dir keine Sorgen!« antwortete ein Soldat.

Jenseits der Grenze erblickte Abdallah israelische Soldaten.

»Was hat das zu bedeuten?«

»Wir werden dich und dein Kamel den Israelis übergeben!« entgegnete der Offizier.

Als sich der Hirte umdrehte, sah er einen Soldaten auf seinem Kamel daherreiten. »Endlich! Endlich!« flüsterte Abdallah.

»Worauf warten wir?« wollte er wissen.

»Die Offiziere der Vereinten Nationen verhandeln noch mit den Israelis. Sie werden bald da sein, um dich über die Grenze zu geleiten!« erklärte der Offizier.

Eine halbe Zigarettenlänge später erschienen die Offiziere mit den blauen Anzügen. »Wir werden dich und dein Kamel über die Grenze führen!« sagten sie zu dem Hirten. »Nimm die Zügel deines Kamels!«

Auf dem Weg sprach der Hirte die Offiziere an: »So eine lange Geschichte nur wegen ein paar Artischocken! Könnte der Ältestenrat der Vereinten Nationen nicht an die Hirten denken?«

»Wie meinst du das?«

»Könnt ihr diese weißen Grenzsteine nicht beweglicher machen? Wenn bei uns die Dürre herrscht, sollten die Steine auf die jordanische Seite verschoben werden. Und wenn dort die Weide knapp ist, sollen die Jordanier die Steine in unsere Richtung verschieben!«

Die Offiziere schüttelten die Köpfe: »Dein Vorschlag ist klug, doch weißt du überhaupt, wie mühsam es war, diese Grenze festzulegen?« sagte der eine und fügte hinzu: »Es wäre schön, wenn man die Grenzsteine wie Schachfiguren hin und her schieben könnte!«

Inzwischen hatten sie die andere Seite erreicht. Zwei israelische Offiziere traten auf den Hirten zu: »Bist du Abdallah aus dem Stamm der Tyaha?«

»Ja!« antwortete der Hirte.

»Ist dies dein Kamel?«

Der Hirte nickte.

»Unsere Mission ist beendet!« verabschiedeten sich die Offiziere der Vereinten Nationen. Der Hirte nickte ihnen freundlich zu. Abdallah wurde in ein Militärfahrzeug verfrachtet, das ihn in die Siebenbrunnen-Stadt fuhr. Das Kamel überstellten die Soldaten dem Scheich.

Auch diese Reise des Hirten endete in einer Zelle. Abdallah wurde in das Zentralgefängnis der Siebenbrunnen-Stadt eingeliefert.

»Wann werde ich mein Zeltlager wiedersehen?« murmelte der Hirte. Er schaute sich die neue Umgebung an.

»Hier war der gleiche Baumeister am Werk!« stellte er fest.

Durch eine Luke in der Tür wurde ihm das Essen zugeschoben.

Niemand sprach mit ihm. Tage und Nächte vergingen.

Der Hirte war verunsichert. »Haben sie mich vergessen? Was haben sie vor?«

Nach der zehnten Nacht öffnete sich die Zellentür. Ein Wärter befahl dem Hirten, ihm zu folgen.

Zwei Männer erwarteten ihn. Der eine hatte volle, graue Haare, der andere hatte eine Glatze.

Der Glatzkopf musterte den Hirten: »Erzähl uns, was sich zugetragen hat!«

Abdallah wiederholte seine Geschichte. Beide Männer hörten gespannt zu und machten sich Notizen. »Wir glauben dir, daß du die Wahrheit sagst!« bemerkte der Mann mit den grauen Haaren, während er sich eine Zigarette anzündete. »Weißt du nicht, daß du eine heikle Affäre heraufbeschworen hast?«

»Das war nicht meine Absicht!« entgegnete der Hirte.

»Du hast die Sicherheit des Staates gefährdet!« herrschte ihn der Glatzkopf an. »Es ist streng verboten, sich der Grenze zu nähern!«

»Ja, ich weiß«, stöhnte der Hirte. »Ich habe ein Jahr dafür im Gefängnis gesessen!«

Der Glatzkopf lachte: »Du hast für die Verletzung der jordanischen Seite gebüßt! Für die Grenze des Staates Israel sind wir zuständig! Wir werden dich vor ein Militärgericht stellen!«

Der Hirte wurde blaß. Die Vorstellung, alles noch einmal zu durchleben, war quälend. Der Grauhaarige lachte: »Hast du geglaubt, daß man dich heute zu deinem Hochzeitszelt führen würde?«

Der Hirte erinnerte sich an Chadra. Bestimmt hing sie am Hals des Kamels: »O Kamel! Sag mir, ist Abdallah gesund? Wann wird er wiederkommen?« Chadras Bild ließ ihn nicht los. Der Hirte schlug die Augen nieder.

Der Glatzkopf packte ihn an den Schultern: »Wir wissen, daß du ein netter Mensch bist. Bis zu dem Grenzzwischenfall lag nichts gegen dich vor!« Abdallah blickte auf.

»Du warst ein Jahr bei den Jordaniern. Wen hast du gesehen?«

Der Hirte zögerte. »Ich war in der Zelle, wen sollte ich getroffen haben?«

»Im Gefängnis trifft man Mitgefangene. Man erzählt sich Geschichten!«

»Ich war allein in einer Zelle eingesperrt!« erwiderte Abdallah.

»Niemand hat dich aufgesucht?«

»Zwei Offiziere mit blauen Anzügen!«

»Die interessieren uns nicht!« versetzte der Glatzkopf.

Der Hirte schwieg.

»Raus mit der Sprache! Bestimmt hast du andere Offiziere getroffen?« Der Glatzkopf schaute Abdallah an. Der Hirte schwieg.

»Du bist noch anderen Männern begegnet?«

Abdallah schluckte.

Die beiden Männer blickten ihn unverwandt an.

»Meint ihr den Dicken und den Dünnen?«

»Du bist lernfähig!« bemerkte der Glatzkopf.

»Was hast du den beiden versprochen?« fragte der Offizier mit den grauen Haaren.

»Ich habe nichts versprochen!«

»Was wollten sie von dir?«

Der Hirte stockte.

»Sie wollten, daß ich für sie spioniere!«

»Genauer!«

»Sie wollten wissen, wieviel Flugzeuge Israel hat!«

»Was hast du geantwortet?«

»Wie soll ich das wissen? Ich bin Kamelhirte und kein Pilot!«

Der Glatzkopf lächelte: »Wir wissen genau, was du den beiden versprochen hast! Es ist besser, wenn du es uns freiwillig erzählst!«

»Ich habe nichts versprochen!« beharrte der Hirte.

»Es reicht für heute!« sagte der Glatzkopf.

Sie ließen Abdallah abführen.

In dieser Nacht bekam der Hirte Besuch in seiner Zelle. Zwei riesige Gestalten schoben sich durch die Tür. Fausthiebe prasselten auf den Hirten nieder, dann wurde ihm schwarz vor Augen.

Erst im Morgengrauen kam der Hirte wieder zu sich. Sein Kopf war schwer wie eine Wassermelone, und sein aufgedunsener Bauch schmerzte ihn. Der Hirte stöhnte: »Dieselbe Tortur wie in Jordanien!«

Am Morgen erwarteten ihn die zwei Männer.

»Hast du gut geschlafen?« erkundigte sich der Glatzkopf.

»So tief habe ich noch nie geschlafen!« antwortete der Hirte.

»Was hast du den jordanischen Offizieren zugesagt?«

»Nichts!«

»Wir glauben dir!« sagte der Grauhaarige.

»Und weshalb werde ich geprügelt?«

»Geprügelt?«

»Zwei Männer, so groß wie Zeltstangen, haben mich zusammengeschlagen!«

Der Glatzkopf grinste: »Kennst du die Männer?« Der Grauhaarige lachte: »Das muß ein Alptraum gewesen sein. Du träumst immer noch von Jordanien!«

»Ich bin doch nicht krank!« versetzte der Hirte.

»Nach einem Jahr bei den Jordaniern wirst du dein ganzes Leben von ihnen träumen!«

»Von euch träumt man nicht?«

Die beiden Offiziere schienen die Frage zu überhören. »Hör zu, wir wollen dich nicht hierbehalten! Wenn du klug bist, wirst du bald dein Hochzeitsfest feiern!« sagte der Glatzkopf.

Der Hirte ahnte nichts Gutes.

»Du hast uns viele Unannehmlichkeiten bereitet!« fuhr der Glatzkopf fort. »Wir erwarten, daß du den Schaden begleichst!«

»Was wollt ihr von mir?«

»Du brauchst nicht unsere Flugzeuge am Himmel zählen! Wir sind viel bescheidener!« Der Grauhaarige blickte von seinen Notizen auf: »Im Scheichzelt gibt es ein Radio, nicht wahr?«

»Ja!«

»Die Männer sitzen am Abend um die Feuerstelle und hören Radio. Was hören sie?«

»Das Radio singt!« versetzte Abdallah.

»Was noch?« fragte der Glatzkopf ungeduldig.

»Das Radio bringt Nachrichten. Wenn die Nachrichten um sind, fragen die alten Männer einander: ›Was hat das Radio gesagt? Hast du es verstanden?‹«

»Welchen Sender hört ihr?« wollte der Grauhaarige wissen.

»Radio Israel und Radio Amman. Die Lieder im jordanischen Radio gefallen uns besser!«

»Den israelischen und den jordanischen Sender, sagst du? Hast du nicht einen Sender vergessen?«

Der Hirte zuckte die Schultern.

»Denk nach! Wir haben Zeit!«

Der Hirte überlegte eine Weile.

»Meint ihr die ›Stimme der Araber‹ aus Kairo?«

Der Glatzkopf nickte. »Welche ägyptischen Programme hört ihr?«

»Wir hören die Koranrezitationen!«

»Das könnt ihr auch im israelischen und im jordanischen Radio hören!«

»Die ägyptischen Koranrezitationen sind die berühmtesten!« entgegnete der Hirte.

»Lassen wir den Koran beiseite!« sagte der mit den grauen Haaren.

»Ihr hört doch bestimmt die Reden des ägyptischen Präsidenten!«

Der Hirte zeigte sich wortkarg.

»Wir wollen nur eines von dir wissen: Was erzählen sich die Männer im Scheichzelt, wenn sie Nasser reden hören?«

»Ich soll meinen eigenen Stamm bespitzeln?« empörte sich der Hirte.

»Du übertreibst!« versetzte der Glatzkopf. »Du brauchst uns nur zu berichten, was man so spricht im Zelt!«

Der Hirte schüttelte den Kopf.

»Denk darüber nach! Morgen sehen wir uns wieder!«

Mit Bangen erwartete Abdallah die Nacht. Angespannt lag er auf der Matratze und lauschte auf jedes Geräusch. Immer wieder glaubte er Schritte zu hören. Bisweilen fiel er in Schlummer, doch dann schreckte er wieder auf.

Am nächsten Morgen wiederholte sich das Treffen vom Vortag. »Wir haben dich um einen Gefallen gebeten!« bemerkte der Glatzkopf.

»Das könnt ihr nicht von mir verlangen!« beharrte der Hirte. »Meinen eigenen Stamm soll ich verraten?«

»Gut!« sagte der Mann mit den grauen Haaren. »Dann berichte uns, was in den Nachbarstämmen gesprochen wird. Was erzählen sie über den Militärgouverneur?«

»Das ist ein Kahlkopf, den ich nicht gekämmt habe. Ich bin Hirte, ich kann nur von Kamelen erzählen!«

Der Grauhaarige pflanzte sich vor Abdallah auf: »Lassen wir Nasser und den Militärgouverneur beiseite. Was erzählen sich die Beduinen am Abend?«

»Geschichten aus früheren Zeiten!«

»Die alten Geschichten interessieren uns nicht! Welche neuen Geschichten erzählt man sich?«

Der Hirte schwieg. Die Schmerzen krochen ihm bis zur Kehle hoch.

Der Grauhaarige spuckte Abdallah ins Gesicht. »Die Männer im Scheichzelt erzählen nur alte Geschichten? Erzähl uns eine davon!«

Der Hirte wischte sich mit dem Ärmel seines Gewandes über das Gesicht. Er begann zu erzählen:

»Vor vielen Jahren lebte ein Stamm auf seinem Land. Allah schenkte dem Stamm Regen, und die Herden der Zeltbewohner gediehen prächtig. Das Getreide des Stammes war begehrt. Ein Bewohner des Zeltlagers war mit seiner Kusine verheiratet; die beiden liebten einander.

Eines Tages wurde dieser Stamm von Räubern überfallen. Sie nahmen das Land in Besitz und erbeuteten die Herden! Der Anführer des Raubzuges entführte die Frau!«

»Aus welchem Stamm kamen die Räuber?« wollte der Glatzkopf wissen.

»Das ist nicht überliefert!« entgegnete der Hirte.

Einen Monat lang versuchten die Israelis, den Kamelhirten für sich zu gewinnen, dann gaben sie die Hoffnung auf.

Der Hirte wurde vor Gericht gestellt. Im Schnellverfahren verurteilte man ihn zu anderthalb Jahren Haft. Ohne eine Regung zu zeigen, nahm der Hirte das Urteil auf.

Einer der Zuhörer in der Runde murmelte: »Wegen einer Handvoll Artischocken? Die Welt steht auf dem Kopf!«

»Du hast recht, Bruder!« stimmte ihm sein Nachbar zu.

»Es würde mich nicht wundern, wenn die Kamele eines Tages auf ihren Höckern stehen würden!«

Hussein, der Erzähler, goß sich ein letztes Schälchen Kaffee ein. Dann lugte er durch das Zeltloch:

»Die Morgenröte kündigt sich an!« Er setzte das Kaffeeschälchen ab und fuhr fort zu erzählen.

Nach Verkündung des Urteils wurde Abdallah verlegt. Als ein Gefängniswärter den Hirten durch die Zellentür schob, wollte dieser seinen Augen nicht glauben: Der Raum war voll besetzt mit Hirten.
»Abdallah! Abdallah!« riefen Stimmen. »Wo hast du so lange gesteckt?« Hirten aus seinem Stamm umarmten ihn. Alle freuten sich über das Wiedersehen nach langer Zeit.
»Wir wußten, daß du in diesem Gefängnis steckst, doch wir suchten vergeblich nach dir!«
»Ich war in einer Einzelzelle!« versetzte Abdallah.
Die Hirten rückten zusammen und boten dem Neuankömmling einen Platz an. »Bestimmt hast du viel erlebt seit dem Tag, an dem du das Zeltlager verlassen hast?« bemerkte einer.
»Ich erspare euch diese Geschichte besser; man bekommt nur graue Haare davon!« erwiderte Abdallah.
»Ihr sollt erzählen!« bat er. »Wie geht es meiner Familie?«
»Alle sind gesund! Sie warten auf deine Rückkehr!«
Der Kamelhirte senkte seine Augen. »Und wie geht es Chadra?«
»Am Anfang war sie sehr krank, doch mit der Zeit hat sie sich erholt. Sie wartet voll Ungeduld auf dich!« sagte Razik.

»Warum seid ihr hier? Wer hütet die Herden?«

Die Hirten schauten einander an. »Die Zeiten werden immer schwieriger. Die Soldaten lassen sich immer neue Schikanen einfallen!« Razik hielt kurz inne, dann fuhr er fort: »Meinen Nachbarn haben sie gezwungen, sich bäuchlings auf den Boden zu legen. Ein Militärfahrzeug raste auf ihn zu; in letzter Sekunde erst bremste es!«

Ein anderer Hirte unterbrach ihn: »Die Soldaten verhaften die Hirten, und die Ziegen bleiben alleine auf der Weide. Schutzlos sind sie den wilden Tieren ausgeliefert. Die Wölfe sind wohlgenährt in diesen Tagen!«

»Wir könnten dir unzählige solcher Geschichten berichten!« meldete sich ein anderer. »Das Gefängnis ist zu einer Pilgerstätte geworden. Es herrscht reger Verkehr, besonders nach den Wahlen!«

Der Kamelhirte war erleichtert, daß er zumindest nicht mehr alleine in der Zelle sitzen mußte. Die Gesellschaft der Hirten, die er so lange entbehrt hatte, tat ihm wohl.

Die Gefangenen vertrieben sich die Zeit mit Geschichtenerzählen.

Immer wieder trafen Neulinge ein, die Neuigkeiten aus dem Zeltlager brachten. Und diejenigen, die entlassen wurden, überbrachten den Zeltbewohnern Nachrichten von den Gefangenen.

Immer wieder fanden die Wärter bei den Durchsuchungen Haarlocken.

»Was bedeutet das?« erkundigte sich ein Wärter.

»Das Haar wehrt die Dämonen ab!« bekam er zur Antwort.

Der Wärter schüttelte verständnislos seinen Kopf.

Eines Morgens wurden fünf Hirten entlassen, und drei Hirten wurden eingeliefert. Einer der Neulinge flüsterte Abdallah zu: »Ich habe ein Geschenk für dich!« Abdallah war neugierig. Der Hirte überreichte ihm eine schwarze Haarlocke.

»Chadra!« murmelte Abdallah. Er strich mit der Locke über seine Lippen. Dem Hirten wisperte er zu: »Wenn du rauskommst, sag meiner Verlobten, ich könnte ihr kein Geschenk machen. Die Wärter haben meinen Kopf geschoren!«

So vergingen die Monate. Manche Ziegenhirten kehrten zum siebten Mal wieder, während Abdallah seine Strafe verbüßte.

Als das erste Haftjahr verstrichen war, durfte Abdallah zum ersten Mal Besuch empfangen. Ein Wärter führte ihn zum Gefängnistor. Abdallahs Herz klopfte: »Wer wird mich besuchen?«

Als der Hirte sich dem Tor näherte, erblickte er jenseits des Gitters drei Gestalten. Er erkannte den Scheich und seinen künftigen Schwiegervater. Neben den beiden stand eine Frau.

»Du kannst die Besucher durch das Gitterloch begrüßen!« ermunterte ihn der Wärter.

Der alte Scheich stellte sich als erster hinter die Öffnung. Abdallah wollte dem Scheich die Hand reichen, doch die breite Hand des Hirten ließ sich nicht durch das Gitterloch schieben. Abdallah versuchte es mit zwei Fingern.

Der Scheich umschlang die beiden Finger mit seiner Hand: »Mein Sohn! Auch diese Geschichte wird ihr Ende finden! Sei tapfer!« Er küßte die Finger des Hirten.

Der Scheich trat beiseite, um Chadras Vater Platz zu machen.

»Wir warten auf dich, mein Sohn! Wir stehen dir bei!« Er drückte Abdallahs Finger. Dann kam die Frau an die Reihe.

Als sie am Gitterloch stand, schlug sie ihren Schleier zurück. Chadra stand wahrhaftig vor ihm. Durch das Gitter trafen sich ihre Blicke. Der Kamelhirte schob seine Finger durch die Öffnung. Chadras Zähne bissen sich an den Fingern fest und hielten sie wie eine Zange umklammert. Sie ließ den Schleier über ihr Gesicht fallen. Der Hirte spürte die wohlige Wärme ihres Mundes.

»Die Besuchszeit ist zu Ende!« mahnte der Gefängniswärter.

»O Chadra! Bald werde ich bei dir sein!«

Die Zähne ließen nicht locker.

»Die Besuchszeit ist zu Ende!« wiederholte der Wärter.

Chadra schien die Worte nicht zu hören.

»Laß ihn!« sagte der Scheich. »Ich verspreche dir bei der Seele unseres Stammesahns: Wenn Abdallah frei ist, werde ich für euch ein Hochzeitsfest ausrichten, von dem man lange reden wird!«

Der Scheich umarmte das Mädchen: »Komm, meine Tochter!«

Der Wärter führte Abdallah ab. Als der Hirte zu den Gefangenen zurückkehrte, waren seine Augen feucht.

»Warum weinst du, Bruder?« fragte Fauwaz.

»Die Jordanier haben mich geprügelt, und die Israelis haben mich geprügelt! Doch die Sehnsucht ist stärker als alle Schläge!«

Seit dem Besuch begann der Hirte die Tage zu zählen. Für jeden Tag malte er einen Strich an die Wand. Der Kamelhirte brauchte noch viel Platz für seine Striche!

Mit der Zeit freundete sich Abdallah mit einem Gefängniswärter an. Samy, so hieß der junge Wärter, war drei Jahre zuvor mit seiner Familie nach Israel eingewandert. Die Familie stammte aus dem Irak, und Samy war früher Briefträger in Bagdad gewesen. Das Einwanderungsbüro hatte ihm die Arbeit im Gefängnis vermittelt. Samy hätte gerne weiter Briefe ausgetragen, doch eine solche Arbeit ließ sich nicht finden. Samy sprach arabisch, und so war die Verständigung einfach.

Der junge Wärter liebte Düfte. Obgleich er wenig verdiente, kaufte er für seine Verlobte die teuersten Parfüms. Samy nutzte jede Gelegenheit, mit dem Hirten ein paar Worte zu wechseln. Bei der Essensvergabe pflegte er zum Koch zu sagen: »Leg deine Hände auf den Bauch, alle Bäuche sind gleich!«

»Weshalb kümmerst du dich um diese Hirten?«
wollte der Koch wissen.

»Sie sind mir nicht fremd!« erwiderte Samy.

»Ich kann mich mit ihnen nicht anfreunden!« bemerkte der Koch.

»Du kennst weder ihre Sprache noch ihre Sitten!« bemerkte der Wärter.

Der Kamelhirte, der die Wand über seiner Schlafstelle mit Strichen zugemalt hatte, sagte zu seinem Nachbarn: »Ich habe keinen Platz mehr für die letzten drei Striche. Bei dir gibt es noch freie Stellen!«

Der andere musterte die Wand: »Sieben Striche haben gerade noch Platz; drei für dich und vier für mich!«

Als der Kamelhirte den letzten Strich an die Wand malte, atmete er tief durch. »Heute ist mein letzter Tag im Gefängnis. Ich kann es kaum glauben!«

»Das müssen wir feiern!« schlug ein Ziegenhirte vor.

»Morgen wirst du Hochzeit feiern, und wir können nicht teilnehmen! Wir werden heute nacht feiern!« sagte Fauwaz, der zum fünften Mal eingeliefert worden war.

»Das ist ein großer Anlaß!« stimmten die anderen zu.

Ein Neuankömmling bot dem Bräutigam sein Gewand an. »Es ist neu! Ich kann es dir leihen!« Abdallah bedankte sich.

Ein anderer kramte in der Tasche seines Gewandes. »Hier! Ich habe einige Weihrauchkörnchen für das Fest!«

Ein junger Ziegenhirte steuerte Kajal bei.

»Wir haben alles, was wir brauchen!« sagte Fauwaz. »Und singen und tanzen können wir auch!«

So verbrachten die Hirten Abdallahs letzten Tag mit Vorbereitungen. Der eine schminkte Abdallah die Augen, der andere kleidete ihn an, und die übrigen probten Lieder und Tänze.

Als das Abendessen verteilt wurde, breitete ein Ziegenhirte sein Kopftuch aus und verteilte die Schüsseln darauf.

Dann zündete einer der Hirten eine Zigarette an. Nachdem er sie zur Hälfte geraucht hatte, stellte er die Zigarettenhälfte mit dem Filter auf den Boden, dann legte er ein Weihrauchkörnchen in die glühende Asche. Eine dünne Weihrauchsäule stieg empor, und allmählich erfüllte Weihrauchduft den Raum.

Der Bräutigam thronte in der Mitte. Die Hirten begannen zu singen:

> Unser Bräutigam ist
> der Scheich der Männer!
> O unser Bräutigam!

Währenddessen tanzten einige Hirten um Abdallah.

Als die Zigarette verglommen war, zündete der Hirte eine zweite an und setzte ein weiteres Weihrauchkörnchen auf die Glut. Der Duft drang durch das Schlüsselloch in den Flur, stieg die Treppe empor und erreichte schließlich Samy, der auf einem Sessel sitzend im Halbschlaf vor sich hin träumte. Der Weihrauchduft stieg ihm in die Nase.

»Basarduft!« murmelte er. Er erhob sich und folgte den Weihrauchschwaden. »Die Hirten sind guter Stimmung!« sagte er bei sich.

Er öffnete die Tür: »Was gibt es zu feiern?«

»Das Hochzeitsfest von Abdallah!«

Samy verschwand für kurze Zeit, dann kehrte er wieder mit einem Körbchen voll Brot und Käse. »Für das Fest!« sagte er.

Abdallah bedankte sich mit einem warmen Händedruck.

»Du hast doch gerade nichts zu tun!« wandte sich einer der Hirten an Samy. »Willst du nicht mit uns feiern?«

Samy zögerte, doch dann beschloß er zu bleiben.

Zwei Hirten hakten ihn unter und versuchten, ihm beduinische Tänze beizubringen. »Du mußt hüpfen wie ein junges Kamel!« feuerten ihn die Tänzer an.

Ausgelassen feierten sie bis Mitternacht.

»Ich muß jetzt gehen!« entschuldigte sich Samy. »Und ihr müßt jetzt leise sein, sonst gibt es Ärger!«

Die Hirten nickten.

Samy schloß die Tür hinter sich und verschwand.

In dieser Nacht machte der Bräutigam kein Auge zu. Die Hirten unterhielten ihn bis zur Morgenröte mit allerlei Liebesgeschichten.

Als die ersten Lichtstrahlen den Morgen ankündigten, erschien der Wärter, um Abdallah abzuholen. Die Hirten umarmten ihn zum Abschied.

»Küsse meinen Sohn von mir!« bat der eine.

»Überbringe meiner Geliebten Grüße von mir!« flüsterte ihm ein anderer ins Ohr.

Abdallah verabschiedete sich und folgte dem Wärter.

Sein Herz schlug bis zum Hals, als er auf das Gefängnistor zuschritt.

»Ich gratuliere dir zu deinem Hochzeitsfest!« sagte Samy.

»Ich danke dir!« entgegnete Abdallah. Ihre Blicke trafen sich.

»Du bist willkommen auf meinem Fest!«

Samy stockte.

»Du hast doch jetzt frei! Willst du nicht mitkommen?« ermunterte Abdallah den Wärter. Samy ließ sich nicht zweimal bitten. Das Gefängnistor öffnete sich, und beide schritten hinaus.

Draußen warteten Reiter, die Abdallah einen warmen Empfang bereiteten.

Der Scheich umarmte den Hirten. »Wir haben lange auf diesen Tag gewartet!«

Als der Hirte sich umblickte, sah er das Kamel mit dem Nasenring. Sein weißes Fell schimmerte in der Morgensonne, und der Nasenring blitzte. Bunte Fransen zierten den langen Hals, und der Sattel war mit prächtigen Teppichen geschmückt.

Der Hirte drückte seinem Kamel einen Kuß auf

die Stirn! »So schön warst du noch nie!« flüsterte er ihm ins Ohr.

Abdallah wandte sich an den Scheich: »Ich habe Besuch mitgebracht!«

»Der Gast sei willkommen!« begrüßte der Scheich den Wärter. Abdallah bestieg das Kamel und bat Samy, hinter ihm Platz zu nehmen. Das Kamel mit dem Nasenring erhob sich und setzte sich in Bewegung. Je näher sie dem Zeltlager kamen, um so schneller wurden seine Schritte. Immer fester klammerte sich Samy an den Hirten.

»Hab keine Angst!« beruhigte ihn Abdallah.

Als sie den Hügel erreicht hatten, konnten sie in der Ferne das Zeltlager erkennen.

Hussein, der Erzähler, blickte in gespannte Gesichter.

Ihr könnt euch vorstellen, wie groß die Freude der Zeltbewohner war. Drei Tage lang feierten sie das langersehnte Wiedersehen. Und als die jungen Männer den Bräutigam in das Brautzelt geleiteten, brachte der Scheich einen Umhang voll Artischocken für das Kamel mit dem Nasenring.

Salim Alafenisch

Der Schriftsteller und Erzähler Salim Alafenisch wurde 1948 als Sohn eines Beduinenscheichs in der Negev-Wüste geboren. Als Kind hütete er die Kamele seines Vaters, mit vierzehn Jahren lernte er lesen und schreiben. 1971 legte er in Nazareth das Abitur ab. Nach einem einjährigen Aufenthalt in London am Princeton College studierte er Ethnologie, Soziologie und Psychologie in Heidelberg, wo er seit 1973 lebt. Salim Alafenisch war von 1984 bis 1989 in der Erwachsenenbildung tätig. Er veröffentlichte mehrere Abhandlungen über die Beduinen. In zahlreichen Lesungen, Rundfunk- und Fernsehsendungen vermittelt Salim Alafenisch ein eindrückliches und lebendiges Bild der Beduinenkultur.

Die Kunst des Geschichtenerzählens hat Salim Alafenisch von seiner Mutter gelernt. Im Zelt seines Vaters, in dem Recht gesprochen und Gäste empfangen wurden, nahm er die Traditionen seines Stammes in sich auf und trägt sie nun weiter. In seinen Geschichten, die sich an Erwachsene, Jugendliche und Kinder richten, erzählt er vom Alltagsleben der Nomaden, von Sitten und Bräuchen der Stämme, von der Geschichte seines Volkes, aber auch vom Zusammenprall von Tradition und Moderne. Zu der geschilderten Welt gehören nicht nur das ungebundene Leben der Beduinen, Zelte und Lagerfeuer, Familienfeste, der nächtliche, zum Träumen anregende Sternenhimmel und die vielfältigen Zeremonien beim Ausschenken des gewürzten Kaffees. Er berichtet ebenso vom Umzug aus dem Zelt in ein steinernes Haus, von den Veränderungen, die der Bau des Suezkanals und die Ankunft von Kolonialbeamten mit ihren neuartigen Gesetzen mit sich brachten. Als bleibende Erinnerung eines in der Wüste geborenen Jungen nennt Alafenisch die Nächte unter einer gemeinsamen Decke mit zweien seiner Geschwister. Der jahrelange allnächtliche Kampf um den Platz in der Mitte habe seine Jugendjahre geprägt – und augenzwinkernd schlägt er den Bogen zur westlichen Welt, in der sich die Politiker auch um den Platz in der Mitte stritten.

Salim Alafenisch ist seiner Stammeskultur nach wie vor eng verbunden. Er sagt von sich, dass er nicht zwischen, sondern in zwei Kulturen lebe. Trotz der Situation im Nahen Osten wolle er keine Schrekkensbilder zeichnen, denn die abendländische Kultur und das Wissen des Morgenlandes stünden sich nicht feindselig gegenüber; vielmehr befruchteten sie sich seit Jahrtausenden.

Weitere Bücher im Unionsverlag ...

Salim Alafenisch im Unionsverlag

Die acht Frauen des Großvaters
Im großen Scheichzelt erzählt die Mutter ihren Kindern in acht Nächten von den acht Frauen des Großvaters, vom vielfältigen Beziehungsgeflecht des Stammeslebens. Salim Alafenisch, selbst als Beduine im Negev aufgewachsen, trägt die Kunst des Geschichtenerzählens weiter und vermittelt ebenso poetische wie präzise Bilder von den alten Sitten und Gebräuchen der Wüste.

»Salim Alafenischs Erzählungen fließen ruhig. Der Weg ist das Ziel, die Lust am Erzählen und nicht die Kunst des Beendens bestimmt die eigenwillige Spannung dieser Geschichten. Beduinen sterben nicht an Herzinfarkt.« *Die Zeit*

Das versteinerte Zelt
Der alte Musa ist ein berühmter Rababa-Spieler. Weit über die Stammesgrenze hinaus erfreuen die Klänge seiner Musik viele Herzen. Geboren wurde der Stammesmusiker in der Zeit der Kamele, in der Zeit der Zelte wuchs er auf, und nun sollte der alte Musa für den Rest seiner Tage das schwarze Zelt aus Ziegenhaar gegen ein Steinhaus eintauschen. Aber die Zeit der Steine bringt gewaltige Umwälzungen im Leben der Beduinen mit sich.

»Ein langer, farbiger Traum.« *Klio*

»Alafenisch erzählt mit Humor und leisem Spott.« *Literatur-Nachrichten*

Der Weihrauchhändler
Die Sonne verbrennt die Felder. Das Wasser in den Brunnen wird knapp. Und die Dürre trennt Salem von der Geliebten! Doch seine Sehnsucht ist größer als die der Erde nach Regen: Er entschließt sich, Soraya zu suchen, und füllt die Satteltaschen seines Esels ... Salim Alafenisch erzählt von der Kraft der Liebe, die sogar über den Zyklus der Natur triumphiert.

»Alafenischs Sprache – ein bunter, kunstvoll gewebter Teppich.«
Mittelbayerische Zeitung

Bestellen Sie unseren kostenlosen Verlagsprospekt:
Unionsverlag, CH-8027 Zürich, mail@unionsverlag.ch

Durch Wüsten und Steppen

Malika Mokeddem *Die blauen Menschen*
Leila, die am Rande der algerischen Wüste aufwächst, besucht als erste Frau ihres Clans die Universität. Die Tradition ihrer Vorfahren, der »blauen Menschen«, ist für sie der Auftrag, immer wieder neu aufzubrechen.

Mano Dayak *Geboren mit Sand in den Augen*
Die Autobiographie des Anführers der Tuareg-Rebellen: eine Kindheit unter dem Zauber der Sahara und ein Leben für die Würde der Nomaden. »Mano Dayak eröffnet viele Türen zum Denken und zum Lebensgefühl der Tuareg und zur Sahara.« *Marie Claire*

Tahar Ben Jelloun *Das Gebet für den Abwesenden*
Eine geheimnisvolle Reisegesellschaft zieht von Fès in das Land der majestätischen Sandflächen: Sindibad, der Gelehrte, Boby, der lieber ein Hund wäre, und Yamna, die ehemalige Prostituierte. Mit einem Kind ohne Namen durchwandern sie alte Städte und herbe Landschaften.

Miral al-Tahawi *Die blaue Aubergine*
Die Studentin Nada versteht die Welt und ihren Körper nicht mehr. Sie verhüllt sich, versteckt sich unterm Kopftuch und sucht Zuflucht bei den religiösen Parolen der Islamisten. Aber weder in der Tradition noch in der Revolte findet sie eine Antwort auf ihre drängenden Fragen.

Mahmud Doulatabadi *Kelidar*
Der Stamm der Kalmischi weiß keinen Ausweg mehr. Die Herden werden von der Seuche dezimiert, die Steuereintreiber bedrängen das Volk, die Blutrache droht. Da ziehen die Männer und Frauen in die Berge. Weil sie sich über jedes Gesetz stellen und zu Räubern werden, beginnen die Legenden um sie zu wachsen.

Juri Rytchëu *Die Reise der Anna Odinzowa*
Anna heiratet den jungen Tschuktschen Tanat, damit sie als Ethnographin aus nächster Nähe das Leben der Nomaden erforschen kann. Sie lernt nach den uralten Gesetzen der Tundra zu leben und wird zur Nachfolgerin des alten Schamanen.

Sally Morgan *Wanamurraganya*
Sally Morgan macht sich auf die Suche nach dem Mann, der nach Aborigines-Genealogie ihr Großvater ist. Sie findet schließlich Jack McPhee – Wanamurraganya –, der ihr seine Lebensgeschichte erzählt.

Bestellen Sie unseren kostenlosen Verlagsprospekt:
Unionsverlag, CH-8027 Zürich, mail@unionsverlag.ch